L 2122 odg

D1195979

BIBLIOTHEQUE MUNICIPALE
ST-ESPRIT   125

Les Éditions du Boréal
4447, rue Saint-Denis
Montréal (Québec) H2J 2L2
www.editionsboreal.qc.ca

L'OGRE DE GRAND REMOUS

DU MÊME AUTEUR

La Belle Épouvante, roman, Éditions Quinze, 1980 ; Éditions Julliard, 1981.
Prix Robert-Cliche.

Le Dernier Été des Indiens, roman, Éditions du Seuil, 1982. Prix Jean-Macé.

Une belle journée d'avance, roman, Éditions du Seuil, 1986 ; Éditions du
Boréal, coll. « Boréal compact », 1998. Prix Québec-Paris.

Le Fou du père, roman, Éditions du Boréal, 1988. Grand Prix du livre de
Montréal.

Le Diable en personne, Éditions du Seuil, 1989 ; Boréal, coll. « Boréal compact », 1999.

Baie de feu, poésie, Éditions des Forges, 1991.

Sept lacs plus au nord, roman, Éditions du Seuil, 1993 ; Boréal, coll. « Boréal
compact », 2000.

Le Petit Aigle à tête blanche, roman, Éditions du Seuil, 1994 ; Boréal, coll.
« Boréal compact », 2000.

Où vont les sizerins flammés en été ?, histoires, Éditions du Boréal, 1996.

Le Monde sur le flanc de la truite, notes sur l'art de voir, de lire et d'écrire, Éditions du Boréal, 1997 ; coll. « Boréal compact », 1999.

Des nouvelles d'amis très chers, histoires, Éditions du Boréal, 1999.

Le Vacarmeur, notes sur l'art de voir, de lire et d'écrire, Éditions du Boréal,
1999.

Le Vaste Monde. Scènes d'enfance, nouvelles, Éditions du Seuil, 1999.

Robert Lalonde

L'OGRE DE GRAND REMOUS

roman

ÉDITIONS DU SEUIL
27, rue Jacob, Paris VIe

Les Éditions du Boréal remercient le Conseil des Arts du Canada ainsi que
le ministère du Patrimoine canadien et la SODEC pour leur soutien financier.

Illustration de la couverture : Richard Morin, *Cheval de bataille*, 2000.
Galerie Simon Blais

© 1992 Les Éditions du Seuil pour l'édition originale
© 2000 Les Éditions du Boréal pour la présente édition
Dépôt légal : 2ᵉ trimestre 2000
Bibliothèque nationale du Québec

Diffusion au Canada : Dimedia

Données de catalogage avant publication (Canada)
Lalonde, Robert
    L'Ogre de Grand Remous
    (Boréal compact ; 117)
    Éd. originale : Paris : Seuil, c1992.
    ISBN 2-7646-0044-5
    I. Titre.

PS8573.A383O37	2000	C843'.54	C00-940638-7
PS9573.A383O37	2000		
PQ3919.2.L34O37	2000		

Tout est employé à boucher le trou par où coule le sang des tiens.

JEAN GIONO, *Deux Cavaliers de l'orage*

Le Petit Poucet, qui était très malin, comprit la décision de ses parents et, de bon matin, voulut sortir pour quérir des cailloux.

CHARLES PERRAULT, *Le Petit Poucet*

Le tonnerre gronde au-dessus de la falaise. En bas, les chutes sont grosses (il a tant plu, cet automne-là !). On voit à peine le barrage à travers les vitres embuées de la Chevrolet bleu ciel. Lui, l'homme assis derrière le volant, mâche son cigare et grimace comme si on venait de lui donner un coup. Elle, la femme aux beaux cheveux, parle, parle sans reprendre son souffle :

– C'est cette nuit ou jamais ! Tu m'entends ? J'en peux plus ! Tu m'as enfermée dans ta grande maison triste, tu m'as forcée à te faire des enfants...

– Forcée ?

– Oui, forcée ! Forcée !!!

Elle parle plus fort que l'orage, plus fort que le barrage, plus fort que les chutes. Elle crie :

– Je veux aller voir le monde !

– On peut pas faire ça ! Les enfants...

– T'es un faible, un mou, un lâche ! J'aurais dû le savoir ! On a déjà tout arrangé, tu vas pas reculer maintenant ?

– Mon amour...

– Ah non, pas ça ! Si j'étais ton amour, tu ferais ce que je te demande. Lâche, lâche, lâche !

Un éclair. La femme a poussé un cri. Elle sort de la voiture, s'approche du bord de la falaise. Sous les lueurs

du ciel, sous la pluie, elle est magnifique, elle est l'épou-
vante même !

– Je saute si tu changes pas d'idée !

– Attends !

Il sort à son tour de l'auto. Un autre éclair. La femme
laisse glisser sa jambe gauche dans le vide. Il s'avance
vers elle. Le tumulte du barrage couvre la voix de
l'homme. Mais il a dû lui dire ce qu'elle voulait entendre
puisqu'elle tend son bras, se laisse ramener vers la voi-
ture, sa tête sur son épaule à lui, belle sauvage domptée
sous l'averse.

Ils remontent dans la Chevrolet, restent encore un peu
sans bouger, collés l'un à l'autre. Lui, il pleure pendant
qu'elle embrasse ses cheveux mouillés, en répétant :

– Mon amour, mon amour, t'es un champion !

Un énorme coup de tonnerre fracasse le ciel, ébranle
la pinède, secoue le barrage. Un grondement de fin du
monde qui résonne encore au-dessus de la falaise, plus
fort que les chutes...

Mon cher Charles,

J'ai bien regardé ce premier assemblage de ton *Julien le Magnifique*, qui m'a laissé à tout le moins perplexe. Certes, les images sont belles. Ce Grand Remous, dont tu m'avais tant parlé, apparaît presque aussi mythique que dans tes descriptions, et ton frère est bien évidemment ce personnage étonnant que tu m'avais brossé, un soir de l'an dernier, au bar du studio. Alors, qu'est-ce qui ne va pas ? Eh bien, justement, c'est que ton film ressemble beaucoup trop à ce que tu voulais en faire ! Pas une séquence qui ne soit, en tout point, conforme à ce scénario, dont nous avions longuement discuté, et se voulait « un canevas de départ » à partir duquel tu « ouvrirais ailleurs »...

Peut-être as-tu eu tort de trop me parler de votre histoire, pour le moins extraordinaire. Vois-tu, en regardant le film, je ne pouvais m'empêcher de désirer en savoir plus. Non seulement sur Grand Remous qui n'est, encore une fois, qu'un paysage (très beau !) dans ton film – mais sur Julien lui-même, sur sa « folie », sur votre passé. Par exemple, ce qu'étaient, autrefois, ta sœur Aline, « la muette » et ce qu'elle est devenue, (elle erre de par le monde, m'as-tu dit, « éternelle fuyante » ?), ton frère Serge, « le voyant », puis l'*american gigolo*, et enfin toi-même, car tu n'es nulle part dans ton film ! Que tu aies voulu être « objectif », ici, me semble relever davantage de l'autocensure que du professionnalisme, pour parler comme nos critiques qui ne manqueront pas de se montrer beaucoup plus durs que ton « exigeant mais tendre producteur » ne le fait ici, à l'égard de *Julien le Magnifique*.

Je ne veux pas insister. Je devine les réticences – les peurs ? – qui te retiennent de « plonger aveuglément dans la tragédie des Messier », comme tu le dis si bien. Cependant, combien de films « intéressants » feras-tu avant de nous donner Grand Remous, TOUT Grand Remous, le chaos et la lumière de votre histoire de famille bouleversante ?

Tu sais que j'ai encore dans mon portefeuille cette coupure de journal que tu m'avais donnée, datant du printemps 1966 ? On vous voit, tes frères, ta sœur et toi, sur les marches de la grande maison grise – « Les quatre orphelins de Grand Remous », dit la vignette –, agrippés les uns aux autres, quatre petits animaux sauvages tirés de leur tanière, les yeux trop grands, les bras trop maigres, les cheveux en bataille. Et cette unique phrase, au bas de la photographie, qui se veut accrocheuse (journalistique !), mais qui est énorme, effrayante (tout le film à faire est là, devrait partir de là !) : « Leurs parents sont partis pour toujours ! »

Tu m'as trop souvent permis de ne pas me mêler de mes affaires, Charles, pour que je te laisse, avec ce *Julien le Magnifique*, escamoter ton Grand Remous. Ces quatre destins qui se croisent sans jamais se rencontrer vraiment…

Regarde à nouveau ton film et songe à tout ça. Après le coutumier mauvais quart d'heure (sentiment d'échec, torpeur, « je suis un cinéaste raté », et autres complaisances d'usage), tu retomberas sur tes pattes et nous discuterons de ce qu'il conviendra de faire avec le film. Mais je t'en prie, Charles, considère (terreur et impudeur comprises !) que LE film reste à faire et que je serai là pour t'aider à le mettre en branle, comme toujours et plus que jamais !

Ton producteur « et néanmoins ami »,

André Lapointe

Julien le Magnifique
(Charles)

Décidément, André a raison, le film est vide. Il ne raconte ni ce qu'était Julien ni ce qu'il est devenu. J'ai bien tout regardé, les scènes filmées à Grand Remous, et aussi les « entrevues » avec lui. Les séquences sur la colline et celles tournées dans la cabane à sucre sont les meilleures. Il ne parle pas, mais son regard, ses gestes : on espère s'être trompé depuis toujours, on croit qu'il va céder, craquer, avouer la supercherie.

J'ai été fou, comme lui, pendant deux semaines. L'équipe me supportait. Tous, ils avaient l'air de sentir, de deviner quelque chose. Que c'était important pour moi, ce film, cette autopsie de la maladie de mon frère...

J'aurais dû m'en douter. Sa lettre, en réponse à ma suggestion de tourner le film, quoique chaleureuse, « fraternelle », tenait plus du délire – du vieux délire ! – que de cette « surexcitation d'après la clinique », à laquelle nous avions fini par nous habituer, Aline, Serge et moi. Il avait écrit :

Tu le sais bien, Charlot, chez nous, les choses parlent, pas les gens. Ni celui qui est resté ni les absents. Tu n'en reviendrais pas si je te répétais ce que me disait, par exemple, Pinceau, notre setter irlandais, quand il revenait tout mouillé de la crique, la gueule remplie d'écrevisses. Ou bien le grand héron barbouillé, sur la peinture de notre sœur Aline, ou encore, le pigeon vert, perché à perpétuité sur la drôle de lucarne, tout en haut de la grange, celle qu'on appelait « la grotte à Trinité Lauzon », parce c'est là-haut, tu te souviens, que le géant, Trinité Lauzon, celui qui habitait une cabane près du barrage, avait été foudroyé par un éclair, en engrangeant notre foin. Ce que me racontait l'eau de la crique, surtout, en avril, quand la petite débâcle (la grande, bien sûr, c'est quand la rivière, la Gatineau, en bas, brise ses glaces) charriait de vieux secrets d'hiver parmi les glaçons et les algues : pages de missel jetées dans le courant après les vêpres de novembre, qui vous punissaient, Aline, Serge et toi (moi je n'y allais jamais, bien sûr), cannes et chaudières rouillées des pêcheurs qui s'étaient fait prendre par le gel, si subit, en aval du barrage, et puis des rubans de chapeaux de « jeunes filles en fleur », surprises dans leurs promenades par le grand vent d'automne. Je ne te répéterai pas non plus, ici, le discours auquel j'avais droit, moi tout seul, chaque automne, couché dans l'herbe de la grande prairie, le sermon des corbeaux bavards, épouvantable, cousu de mots noirs, terribles : février, mars, carême, maladie, mort, avenir, guerre, père, mère, solitude et compagnie ! Tous ces mots qui fuyaient leurs ailes déchiquetées et qui venaient se prendre dans mes cheveux comme des chauves-souris, pour y nicher tout novembre, décembre, jusqu'à l'arrivée joyeuse des rennes du Père Noël, dans le ciel, au-dessus de la colline, tu te souviens, Charlot ?

Pour répondre à la question que pose ta longue lettre pleine de détours, et si je t'ai bien compris :

non, je n'ai pas la moindre objection à ce que tu viennes « me voler mes secrets », comme tu dis. (D'ailleurs, ils sont à toi, aussi, ces secrets dont tu ne sembles pas te souvenir.) Tu verras, c'est le plus beau temps de l'année : c'est d'or et d'argent un peu rouillé et ça flambe sous « un soleil d'été qui veut passer l'hiver par ici », comme disait Serge, autrefois. Tu pourras filmer tout ça tranquillement, ça va durer jusqu'à la Toussaint sans broncher. Bon, mais je te dis tout de suite (même si tu le sais, tu as même payé pour le savoir !) que je ne suis pas du tout à la mode. Je ne sais pas grand-chose de ton monde ni de ta vie en ville. (Tu vis toujours rue de Gaspé, je ne le savais pas !) Je n'ai pas mis les pieds dans une ville depuis au moins sept cents ans, c'est-à-dire depuis la clinique (que Dieu ait son âme !). Toutes les cellules de ma mémoire se sont renouvelées (ah ! les docteurs n'en reviendraient pas !) et je ne revois, de temps en temps, que ton air moitié triste, moitié enragé, quand nous sommes partis pour Maniwaki. Le plus long voyage de ma vie ! Il m'arrive même encore, certains soirs, de me sentir emporté entre deux rangées de peupliers flous vers un nulle part où vous ne saurez plus jamais me rejoindre.

Oui, Charlot, je reviens là-dessus : nous parlions avec les choses, et aussi nous les écoutions, souviens-toi ! Nous nous instruisions beaucoup ! Mais moi, contrairement à vous trois, je n'avais pas peur. Je suis né comme ça, tu le sais bien : tout seul de ma sorte, bourré de boussoles détraquées, tout branché d'antennes invisibles, peut-être dangereuses...

Je fais avancer la bande, sur la table de montage. Julien est assis dans la balançoire. Il parle d'Aline, de sa fameuse fugue sur la colline. Il raconte qu'Aline était revenue, le corps boursouflé de piqûres d'abeilles, mais le visage lisse et lumineux, et qu'elle était restée muette trois jours, parce qu'elle avait *vu*, parce qu'elle avait enfin compris *qu'il n'y avait jamais eu et qu'il n'y aurait jamais d'explications!* Ces histoires, nos histoires, nos fabulations, Grand Remous, le château avec ses quatre orphelins, notre prison. Leur absence, que nous cherchions à comprendre (sauf Julien qui, à sa façon, avait déjà tout compris), la disparition de maman et de papa, leur départ en pleine nuit – ils avaient dit qu'ils allaient pêcher au barrage de Baskatong –, leur fuite, l'abandon. Les cris d'Aline, dans la prairie, en bas, au petit matin. Le mutisme de Julien, qui, dès le soir de ce premier jour, avait commencé de se croire né du Saint-Esprit. Et puis tous les livres de leur bibliothèque, ouverts nuit et jour, sur la table, dans nos lits, sur le plancher du salon : où étaient-ils allés? Qu'y avait-il dans le monde de si beau, de plus beau que nous quatre, leurs enfants? Livres de géographie, cartes, mappemondes : la Gaspésie, le Maine, le Massachusetts? Papa avait souvent parlé du Rocher Percé, des lacs à Maskinongé, du Maine, de Boston où notre oncle Paul Dumouchel, l'idole de notre père, avait étudié le violon... Livres d'histoire : maman ne s'intéressait-elle pas à la guerre de Sécession, aux pauvres esclaves dans les champs de coton? Alors, de nouveau, les livres de géographie, Richmond, Charlotte-town, l'immense Virginie : c'était à se perdre! (Les champs de coton, les esclaves, la guerre : nous croyions, bien sûr, que tout ça existait en même temps que nous, quelque part au sud de Grand Remous.) Les romans de maman, fouillés page par page, et puis les souvenirs de leurs conversations, dans la balançoire, où il était question de faire de grandes choses, d'aller dans le monde se rendre utiles, de compter pour quelque chose dans la vie ! Pas une seconde, nous ne les avons crus accidentés, perdus ou enlevés. Ils avaient simplement décidé d'aller voir le monde !

Ils nous avaient aimés et nous avaient tout donné. Nous étions maintenant de grands enfants (sauf Julien !), et il y avait la terre, fertile, la machinerie, la rivière : Grand Remous était à nous. Eux, le monde les attendait pour... de grandes choses ! Et puis il y avait cet argent, pour nous, à la Caisse populaire : les fameux vingt-six mille dollars ! Ils n'avaient jamais parlé de ce départ et pourtant n'avaient jamais parlé que de lui : de la Virginie, de Gibraltar, de la Terre de Feu. Nous savions qu'ils étaient partis pour ne plus revenir. Aline n'a pas cessé de pleurer et de crier, les vingt premiers jours. Il n'y avait que Julien, le plus jeune, qui ne savait pas, qui ne saurait jamais. De qui diable parlions-nous, tous les trois ? Maman ? Papa ? Qui étaient-ils ? Il n'y avait jamais eu que la maison, la colline, la crique, la rivière, nous quatre et... les voix.

Julien qui ne souffrait pas. Julien qui était au paradis. Julien qui ne s'interrogerait jamais, qui ne partirait jamais de Grand Remous, où il était né par miracle, seul et détraqué, peut-être, mais non pas abandonné. Le monde lui parlait, lui révélait ses mystères, en silence. Nous, nous étions opaques, raisonneurs, malheureux. Nous ne sommes pas devenus fous. Nous sommes partis. Nous avons quitté la maison, la colline, la rivière. Nous avons déserté le paradis : c'est nous qui nous sommes perdus.

Grimpé dans les hauteurs du chêne, les cuisses bien agrippées à son tronc lisse comme une peau, je lève la machette pour trancher la branche foudroyée. C'est alors que je perds le souffle. Oh, ça ne dure pas longtemps! Tout de suite, la brunante est sur moi. La chair fraîche de l'arbre sous mon ventre. Je venais juste de penser : « J'ai trop de sang dans le corps, trop de parfums saoulants dans les narines, trop de goûts et de salive dans la bouche. » Et j'avais mal de ce trop-plein-là, de la solitude de mon corps, de l'été finissant, de la douceur un peu écœurante du crépuscule. Alors j'ai fait un grand geste avec la machette qui a sifflé dans l'air. Est-ce mon geste, le chuintement de mon souffle d'animal entravé ? J'ai cru voir des jambes, des bras clairs et, fuyant entre les roseaux, un beau visage sous une mousse de cheveux foncés. Je souffle tout mon mauvais air d'un coup, en fermant les yeux, et j'attends. Un grand vide blanc m'étourdit. J'entrouvre les paupières et n'aperçois plus que la lueur du jour qui coule entre les pins. Un pic chevelu traverse en flèche le morceau de ciel au-dessus de moi.

Le feu du couchant entaille la ligne des pins. La rivière fait le miroir derrière les rangées d'arbres noirs. Une présence est peut-être tapie, là-bas, dans les fougères. Bien sûr, si je revois mon apparition, tout à l'heure, au grand jour, je galoperai et rugirai dans les sentiers...

– L'Europe ? La France ? Paris ?

– Mais l'argent ? Où l'auraient-ils pris, puisqu'ils nous ont laissé toutes leurs économies ?

– Pas toutes, tu penses bien !

– Ils ont peut-être pris l'avion ? Le bateau ?

– Ils ont peut-être vendu la maison et bientôt quelqu'un va venir avec un camion s'installer ici, et nous chassera !

C'était Aline qui avait peur. On ne nous enlèverait pas la maison, nous l'apprendrions bientôt. Nous tâchions, Serge et moi, de consoler Aline, mais elle ne nous écoutait pas. Nous répétions qu'ils n'avaient pas fait ça pour nous, ou plutôt contre nous. On se débrouillerait. On pouvait compter sur la ferme. Et puis, on n'irait plus à l'école ! Même toi, Aline, tu t'y ennuyais. La pauvre Mme Talbot ne pouvait rien t'apprendre : tu en savais plus long qu'elle et ça l'humiliait, si bien que tu manquais un jour sur deux. Tu partais herboriser avec Serge et maman, dans les champs, à la recherche de l'*epifagus virginiam* ou de l'*ambrosia trifida*. Julien, lui, n'était allé qu'un mois à l'école. Il racontait ses rêves à la maîtresse, faisait rire ses camarades avec ses histoires, nos histoires. Il n'apprenait rien, ne voulait rien apprendre. Il avait la science infuse de toute façon, comme nous tous.

Papa nous le répétait sans cesse : « La connaissance est innée ! Tout était là, en vous, à votre naissance ! Laissez-les moraliser et bêtifier, la maîtresse, le curé, l'évêque, le pape et le Premier ministre, ces ignorants qui s'énervent ! » Et il riait à faire trembler les vitres. Donc, Julien n'est plus retourné à l'école. Papa le laissait vivre en coureur des bois, en Robinson, en Davy Crocket. « Il découvre la forêt, les animaux, le monde autour, et c'est très bien ! Plus tard, il découvrira... le reste. Ça peut bien attendre ! », disait-il mystérieusement. Il avait le temps, le petit frère, tandis que nous, les plus grands, il fallait être raisonnables. De toute façon, nous avions commencé d'aller dans le monde. « C'est du courage, rien qu'un peu de courage qu'il vous faut, à vous autres ! Et c'est pas si difficile ! Julien, lui, c'est... autre chose ! » C'était quoi ? Pourquoi Julien n'avait-il pas besoin, lui, de courage ? Parce qu'il était bizarre, fou ? Papa cherchait à le protéger, à l'empêcher de se faire du mal, sans doute. Aline questionnait sans lâcher prise :

— Mais, papa, les mathématiques, la géométrie, le catéchisme, ça va nous servir à quoi ?

Georges soupirait, levait sa main, paume ouverte, dans un grand geste de Jos Connaissant qui ne va pas perdre son temps avec des « innocents à la tête fêlée » :

— Du courage, Aline ! Du courage, ma fille !

Pour nous, le courage. Pour Julien, les histoires, Daniel Boone, les radeaux qu'il construisait pour descendre la crique, le matin de Pâques, pendant que nous allions à l'église, Aline, Serge et moi. Parce que le courage, c'est un peu là qu'il fallait aller le chercher, nous autres, dans nos costumes endimanchés qu'on devait repasser nous-mêmes, parce que maman lisait *Autant en emporte le vent*, dans son lit à baldaquin, fabriqué avec la moustiquaire trouvée dans la grange, celle avec la drôle de lucarne, « la grotte au géant Trinité Lauzon ».

Tu ne sais pas, Julien, que je les ai cherchés de par le monde, que je les cherche encore, et Aline aussi, et pourtant nous avons perdu le courage dont parlaient papa, l'école et l'église : le courage de la foi, le courage de l'amour. Je ne suis pas devenu fou, moi. Ni psychiatre ni voix ne m'ont jamais rien révélé. Je fais des films avec les histoires des autres, avec la tienne, Julien, et c'est un film raté. Il faudrait... Il aurait fallu... Et puis non, les films, comme autrefois les grandes croisades sur leurs traces, les docteurs, l'oubli : rien ne viendra jamais à bout de tout ça, de nous quatre, du passé, de l'abandon. De toi, Julien, qu'on a perdu.

Je redémarre la machine. C'est la crique boueuse qui cascade. Nous sommes tout en haut de la grande prairie. Le soleil fait, avec l'eau du ruisseau, de l'or qui coule, du jade, du bronze. J'ai lancé au caméraman, qui voulait savoir ce que nous prendrions ensuite :

– Prends encore l'eau qui coule !

Et il a obéi. Dix minutes de ce courant éclaboussant, écumeux, si lointain ! Je pensais : « Quand je visionnerai tout ça, quelque chose viendra. Pour l'instant, je ne vois rien, je n'imagine rien. Je mettrai peut-être la voix de Julien sur ces images. Il parlera de nos pêches d'autrefois, des truites grises et du frai, des prouesses de Serge à la nage, et alors j'entendrai, je verrai, peut-être. Je comprendrai enfin que le monde n'est pas fermé à tout jamais, pour moi, je ressentirai peut-être enfin quelque chose ! » J'ai fait ce film pour moi, Julien, pas pour toi. Et c'est peine perdue. Je suis là, à le regarder, et à savoir que notre histoire ne s'éclairera jamais. Rien n'a changé, le passé me rattrape. Tu me rattrapes, Julien. Soudain, fixant l'image de la cascade, mon regard s'embrouille, et j'aperçois Serge dans l'eau de la crique, il descend le courant, un vrai poisson, et maman se penche sur lui, l'embrasse, caresse sa tête ruisselante qui a jailli de l'eau comme une truite et qui va replonger, aussi vite.

– Mon amour, mon amour, mon amour, t'es un champion!

Elle avait dit ça d'un seul souffle, transportée, comme une actrice, les yeux écarquillés, une main sur son chapeau de paille d'où s'envolait un long ruban bleu. Déjà Serge fuyait avec le courant, cascadait comme une anguille dans les rapides, et nous le suivions, maman et moi, en courant le long de la rive. Maman me regardait, de temps en temps, levait la tête vers moi. Mais je voyais à peine son visage dans l'ombre pailletée du chapeau et je savais, *je savais* que je ne devais pas la regarder, que je ne pourrais jamais ni l'oublier ni me souvenir d'elle vraiment.

Même avant sa disparition, maman n'a jamais été qu'une image. Je n'ai jamais eu que ça, des images. Je n'ai que des images, Julien, et toi des voix. Aline et Serge, eux, ont-ils des vies? Non plus, sans doute. Aline a ses voyages, ses errances, et Serge ses amours et sa fausse *dolce vita*. Le courant emporte Serge, le vent fait voler Aline, la terre me retient de force et le feu brûle Julien. Et c'est toujours l'eau de la crique, le souffle des collines, la pinède embrasée par les vieux soleils. C'est toujours Grand Remous, l'impossible amour, l'impossible unité, l'impossible oubli.

Bien sûr, nous les avons attendus. Nous savions qu'ils ne reviendraient pas, mais nous les attendions. Un soir, ou un matin, ils seraient là, leurs vêtements poussiéreux, leurs yeux agrandis par la fatigue et l'inquiétude, vieillis, méconnaissables peut-être, mais revenus. Leur solitude, leur dérive nous hantaient. Nous les imaginions tremblants et seuls, là-bas, si loin, si seuls, ne sachant pas quoi faire de cette tendresse qu'ils avaient toujours pour nous et qui ne leur servait plus à rien. Étouffés par cette tendresse-là, nous les imaginions au bout du rouleau, épuisés, coupables et repentants. Maman, les cheveux défaits, amaigrie, sans voix, sa robe déchirée, ouvrant les bras et hochant la tête comme une grande petite fille à demi folle. C'était elle l'orpheline et c'étaient nous les parents prodigues. Papa, le crâne rasé, sa vieille veste de laine, autrefois tachée d'encre, aujourd'hui tachée de sang, ses grandes mains noueuses ouvertes et tremblantes devant lui, son sourire qui faisait la grimace, son regard vide qui disait : « Il n'y a rien, dans le monde, rien du tout. C'est ici, c'est vous autres... »

Nous n'allions jamais jusqu'au bout, jusqu'aux étreintes, jusqu'aux larmes. Les retrouvailles se perdaient dans le flou, l'impossible. Aline n'arrivait plus à pleurer et sa voix s'était fêlée. Serge était sans force. Il avait déjà démoli l'atelier de papa, déchiqueté les papillons de sa collection, lancé au bout du champ ses pipes et ses boîtes de cigares, brûlé toutes ses brochures du *National Geographic*. J'avais dépensé, moi, toute ma détresse en raisonnements, explications, itinéraires, hypothèses de dates, méridiens et latitudes, leurs haltes, leurs volte-face, leurs traces laissées sur des routes inconnues. Quant à Julien, nous le cherchions. Il fuguait. Avec la grosse lampe de poche, nous faisions des battues, souvent jusqu'au matin. Je prétendais qu'il faisait semblant, qu'il ne pouvait pas ne pas se souvenir, qu'il s'en voulait peut-être à mort de leur disparition, qu'il allait se tuer, se lancer dans un ravin ou se glisser la tête dans un piège à loup. Un démon le tenait. Il ne savait pas, Julien, à quoi il obéissait en s'enfonçant dans la forêt, parfois trois jours sans emporter rien à manger. Nous revenions chaque fois bredouilles de nos recherches. Et Julien surgissait, toujours au moment où nous le croyions mort ou enfui, lui aussi, avec deux lièvres sanguinolents au bout des bras et souriant avec les yeux de maman. Aline le frappait, se lançait sur lui de toute la force qui lui restait. Serge attrapait Aline et la clouait sur le divan du salon. Je m'approchais de Julien, j'essayais de lui parler, encore une fois :

— Tu te rends pas compte ? Ils sont partis ! Pour toujours !

— Qui ça ?

Il nous regardait, tous les trois, puis il traversait le salon comme un somnambule, traînant ses bottes pleines de boue jusqu'à la cuisine où il scalpait ses lièvres et les dépeçait, inondant de sang noir la table et les comptoirs.

Et puis, au matin, un homme et une femme sont venus de Maniwaki. C'est Serge qui les a aperçus le premier, de la fenêtre de notre chambre.

— Oh ! oh ! Cette fois, c'est le commencement de la fin !

Nous sommes descendus les recevoir à la cuisine. Le tonnerre grondait au-dessus des collines. Il avait fait une telle chaleur, les jours précédents : on attendait l'orage depuis une semaine. Nous n'avions pas beaucoup dormi : Julien n'était pas rentré. Aline a fait du café. Elle avait déniché une jolie robe de maman au grenier et remonté ses cheveux. On lui aurait donné au moins dix-sept ans ! (Elle en avait quinze, moi seize, Serge quatorze et Julien, neuf ans.)

Serge et moi étions assis, dignes et graves, au bout de la table, en costume et cravate.

Nos parents ? Ils s'étaient rendus chez une sœur de notre mère qui habitait la Virginie et qui était très malade. Partis pour toujours ? Mais voyons donc, jamais de la vie ! Qui leur avait raconté ça, pour l'amour ?

– C'est une farce plate !

J'étais le scandale à moi tout seul, fustigeant tous les sépulcres blanchis de Grand Remous. Notre plus jeune frère ? Il dormait, là-haut. Une grosse fièvre des foins. Alors, le premier éclair a claqué et la femme a poussé un cri. Aline a resservi du café. Nous n'en buvions pas. Nous avions besoin de tous nos nerfs. Serge a demandé pourquoi ils avaient laissé leur voiture en bas de la côte.

– Le chemin est parfaitement carrossable, vous savez !

Il était parfait. L'homme était impressionné. Il dirait à ses patrons : « Ils sont bien élevés, éduqués, de grands enfants très autonomes, et si calmes ! Ce qu'on raconte sur cette famille ? Bavardages de méchantes langues ! » Et puis ce serait tout. Nous n'avons pas rougi, n'avons même pas frémi. Nous gardions nos mains sur nos genoux, ne brisions pas les plis de nos pantalons, conservions des mines polies et sérieuses, lisses comme le col de nos chemises. Un deuxième éclair, suivi d'un gros coup de tonnerre qui n'était sûrement pas tombé très loin. La femme tremblait. Aline commençait à perdre son personnage. Elle s'est levée et a offert de leur montrer la bibliothèque. J'ai vite lancé :

– Une autre fois, peut-être ! Je crois qu'ils feraient mieux de repartir avant le gros de l'orage !

Je ne tenais pas à ce qu'ils voient la bibliothèque, les livres ouverts partout, les cartes, les mappemondes, les trajectoires imaginées, dessinées sur les vieux journaux de papa.

Ils sont partis sous l'averse, avec le parapluie de maman qu'ils allaient nous rendre à la prochaine visite. Ils ne sont jamais revenus. Je ne suis pas très sûr qu'ils nous aient crus. Nous étions bizarres, une tribu à part, avec ses lois et ses mystères, des énergumènes, tout ce qu'on voudra, mais sûrement pas de pauvres enfants abandonnés. Je crois que nous leur avons fait peur. Et puis il y avait ces vingt-six mille dollars à la banque ! Nous n'étions décidément pas à plaindre !

Aline a de nouveau perdu la voix, mais retrouvé ses larmes, ce soir-là. Des larmes de joie, de triomphe. Nous étions fiers, tous les trois, de les avoir déjoués. Fiers de nos savants mensonges et de cet orage qui était venu à notre secours, qui nous innocentait, pour ainsi dire, et qui nous amenait la pluie pour faire pousser le blé d'Inde, notre seule nourriture cet été-là. Fiers, aussi, de l'absence de Julien qui aurait sûrement tout gâché.

Mais nous étions seuls, maintenant, pour de bon, pour toujours. Et on aurait dit, ce soir-là, que nous le voulions.

Je te parle, sans te parler, Charlot, mais je sais que tu m'entends. Je vais vous parler, à tous les trois, et vous m'entendrez ! Et je sais que vous reviendrez !

Tu m'épies, Charlot, comme un gibier. Tu as ton regard d'il y a dix ans, avec un petit quelque chose de plus, de malheureux ou de triste, derrière tes lunettes. Même tes amis ne semblent pas très bien te comprendre, avec leurs caméras et leurs fils, gens de la ville qui nous suivent, perdus dans l'herbe haute de la colline. J'écoute la bécasse piailler sa peur, là-bas, dans le sous-bois, et je vous observe vous installer pour faire vos images. Ta caméra et ton magnétophone me rappellent les appareils des docteurs qui m'ont complètement abruti. Alors, bien sûr, je parle beaucoup, comme à la clinique. Pour vous apprivoiser, vous faire rire.

Charlot, il fait grand vent et la maison craque de partout. Écoute, Charlot, le vent parle sur le souffle, comme Aline, quand elle est fâchée et, comme elle, il ne parvient pas à me faire peur. Écoute le vent, avec moi, Charlot, et lâche prise, je t'en prie ! C'est le vent qui vous fait taire autour de la table, quand vous avez tant et tant tracé de routes au dos des feuilles de calendriers, et que vous n'avez plus de mots, Serge, Aline et toi, plus de cris, plus de larmes. La terreur est emportée par le bon vent qui prend la maison et vous réussissez à oublier, enfin, sans vous endormir. Vous laissez vos têtes pencher l'une vers l'autre et vous écoutez le vent, avec moi. Soudain, nous sommes de nulle part, nous sommes ici, depuis toujours, seuls, avec le vent, et vous comprenez enfin que nous n'allons nulle part, n'irons jamais nulle part ailleurs. Le monde redevient rond et doux comme une pêche, comme la joue d'Aline, comme ton genou, Charles, sous ma main de petit animal heureux. Vous avez abandonné votre maudite manie des origines et de la suite du monde. Vous êtes, tout à coup, avec moi, dans le même temps et le même espace que moi, que la maison, que le vent, que la rivière qu'on devine, cascadant sans commencement ni fin, par la fenêtre du salon. C'est une chance, notre chance, miraculeuse : nous n'avons personne qui sache, qui dicte, qui empêche ! Vous le comprenez enfin ! Je sais bien que ça ne durera pas, que vous recommencerez, dans la nuit ou au matin, à trembler, à parler, à fouiller dans les livres, à disparaître pour moi. Mais pour une heure, au moins, j'ai des amis, des complices, non plus seulement des frères et une sœur : trois corps chauds et tendres, trois cervelles incapables d'imaginer. Vous êtes avec moi, à moi. Je peux vous toucher, vous caresser, vous faire rire et vous raconter ce que me chante le vent, doucement. Il n'y a pas plus beau que cette solitude qui nous donne tout, sans rien nous demander. Il n'y a pas d'autre temps que le présent, éternel. Nous sommes trois Adam et une Ève, les premiers et les seuls. Il n'y aura pas de chute, pas d'arbre interdit, que des bouleaux et des sapins et, sans maîtres ni dieux, nous sommes libres de goûter aux fruits, sans permission. Oh ! Comme vous riez ! Vous vous étouffez, vous poussez des feulements, vous me soulevez et me rattrapez sur le divan du salon, et alors les livres, les cartes géographiques, les feuilles de calendriers, avec leur faux temps et leur faux espace, se froissent sous mon corps dans un bruit soulageant. Vous n'êtes plus abandonnés puisque vous n'êtes plus malheureux, puisque vous n'êtes plus obsédés! Demain, je n'aurai qu'à m'enfoncer dans le bois, quand ça vous reprendra. J'irai écouter la fouine et le renard, aussi longtemps que vous vous obstinerez. Et je reviendrai pour ces retrouvailles où vos rires, vos mains, vos yeux...

Mon grand frère, tu perds ton temps à tâcher de comprendre. Tu ferais mieux de te remettre à compter les grains de sable de la plage du barrage. Tu enrages quand, à midi, je descends, poussé par Aline, te porter un sandwich. Je surgis derrière toi, tu sursautes et oublies le chiffre. Huit mille sept cent trente-neuf? Neuf mille huit cent trente-sept? Alors tu me sautes dessus et luttes avec moi sur le sable, furieux, essoufflé : demain, il te faudra recommencer! Mais tu t'apaises très vite, et tous ces grains déjà comptés, dont tu as oublié le nombre et que tu as déposés, un à un, dans un bocal à confitures, tu les laisses couler entre tes doigts, avec un drôle de sourire de sage ou de saint martyr.

La maison ne livrera aucun de ses secrets, dans ton film. Elle ne montrera que son vieux charme, son pauvre vieux charme qui fera rêver les citadins avides d'images d'un autre monde. Sur tes bandes magnétiques, le chant des oiseaux, la rumeur sourde de la crique, les craquements de l'escalier et même ma voix seront à jamais captifs, à jamais mensongers. Tu le sais bien : on peut admirer le loup dans sa cage, mais non pas s'approcher de lui, le connaître, savoir comment il chasse et ce qui le fait hurler quand la lune est pleine. Pourquoi faudrait-il que les autres nous comprennent, Charlot? En quoi cela nous rendrait-il plus libres, plus heureux? En quoi cela les rendrait-il plus proches?

Je ne montrerai pas le film. Je sais maintenant que je ne l'ai fait pour personne, que j'ai pris ces images pour l'autre, l'inconnu, le sauvage, à moitié Julien et à moitié moi, peut-être, son frère. Je suis fatigué et pourtant je ne dormirai pas. Je reste enfermé ici à faire passer et repasser les bandes, sur la machine, les images et les sons, Julien, la voix de Julien et de temps en temps la mienne, vieille déjà, que je ne reconnais plus et qui hésite souvent : « Non, non, coupe pas !... Attends encore un peu !... Laisse tourner !... » C'est maintenant, ici, cette nuit, que je laisse tourner, que je ne coupe pas. Et, bien sûr, passe et repasse la grande scène de la trahison.

Après son coup de téléphone alarmé, j'étais arrivé de nuit à Grand Remous. Je savais que ce serait effrayant : emmener Julien, simplement le sortir de la maison, c'était comme essayer de faire monter un chien sauvage, ou blessé, dans une voiture, pour le conduire chez le vétérinaire. Si je ne jouais pas bien, il saurait, il devinerait, disparaîtrait dans le bois, et je savais que je n'aurais plus jamais le courage de recommencer. J'avais roulé, comme dit la chanson, « entre deux murs de sapins vert-de-gris », élucubrant toutes sortes de stratagèmes, plus chimériques les uns que les autres. Plus tard, beaucoup plus tard, je devais voir mon inconscience, ma terreur, ma lâcheté.

Mais cette nuit-là, je faisais mon devoir. Oui, je lui ai menti, mais c'était pour son bien! Pour le soigner, on ne demande pas sa coopération à l'animal furibond qui a pris l'habitude de se lancer de toute sa force contre les pieux de sa clôture! Les crises se répétaient. La dernière l'avait effrayé lui-même et je l'avais trouvé, le front ensanglanté, le corps mou comme de la guenille, au bord de la crique. Sa bouche écumait et il respirait à peine, comme un poisson hors de l'eau. Je l'ai ramené sur mon dos jusqu'à la maison, jusqu'à sa chambre, où je l'ai pansé et endormi. Ensuite j'ai joint Aline au téléphone.

— Es-tu sûr, Charlot, es-tu sûr de ce que tu dis?

— Absolument!

— Oh, mon Dieu!...

Et j'ai répété encore: en Julien cohabitaient, comme le jour et la nuit, l'enfant immortel et non coupable, né des dieux, et libre comme le vent, et le monstre, le loup, le responsable du grand dérèglement de notre famille. Aline suffoquait dans l'appareil.

— Ça n'a pas de sens, Charlot, pas de sens!...

— Aline, aie confiance et fais ce que je t'ai demandé!

— J'imagine qu'on n'a plus le choix, maintenant. Mais, oh Seigneur! il va se tuer!

— Mais non, tout ira bien!

Nous sommes restés sans rien dire, une longue minute remplie de nuit et du bourdonnement lointain des autres voix sur la ligne. Puis Aline a dit: « D'accord! », et elle a raccroché. La raison était de notre côté, pauvres de nous.

Et puis, le miracle. Le lendemain matin, Julien est monté à côté de moi dans la voiture, sans poser de questions. Sa tête enturbannée, ses yeux vides, ses grands bras lourds, immobiles sur ses genoux. Quand nous avons rejoint l'autoroute, il a simplement demandé, d'une voix blanche:

— Où on va, Charlot?

Je n'ai pas répondu. Je suis sûr qu'il avait tout deviné et qu'il voulait seulement m'entendre dire les mots : clinique, docteurs, examens. Il voulait m'entendre prononcer à voix haute la méchante formule qui achèverait la trahison, le complot. Aline nous attendait à la clinique de Maniwaki, les épaules courbées, pâle et décoiffée, dans son vieux manteau de laine rouge. Il lui a souri en l'apercevant et Aline a pris son bras. Nous sommes entrés dans la clinique comme dans une église, muets et solennels. Les formalités (Oh!, prénom du père, nom de famille de la mère, chuchotés fiévreusement par Aline dans l'oreille de l'infirmière!), le numéro de la chambre, l'ascenseur. Une fois dans la chambre, il s'est tout de suite enfoui sous les draps, refusant d'endosser la chemise blanche, laissée discrètement par l'infirmière sur le lit. Ne dépassait que son pied gauche de la tente informe des draps. Alors il a crié :

— Allez-vous-en maintenant! Allez-vous-en!

Bien sûr, Aline pleurait. Elle a sangloté jusqu'à Montréal, jusqu'à ce que je coupe le moteur de la voiture, devant chez elle. Il fallait tout de même parler un peu. J'ai dit que tout était pour le mieux. Elle a dit qu'elle espérait bien mais qu'elle était comme morte, et que c'était «de leur faute à EUX!». Je l'ai embrassée. Les vitres s'embuaient. Nous continuions de nous taire. Et puis, elle a ouvert la portière, elle est montée en courant à son appartement. Je suis rentré chez moi où Serge m'attendait. Il était saoul et répétait :

— Tu es génial, Charlot! Moi, j'aurais pas pu... j'aurais pas pu...

Nous t'avions livré aux docteurs, Julien. Nous n'allions pas nous pardonner cette nuit-là de sitôt. Mais comment faire autrement?

Elle s'appelle Irène, elle me l'a dit. Elle habite l'ancien refuge de l'ogre Trinité. Je l'ai suivie, ce soir, jusqu'à la cabane, aux abords du barrage. Elle a reconstruit elle-même la vieille baraque. Elle dit : « Maintenant, c'est mon chalet. » Et elle m'invite à entrer. Qui aurait cru, mes frères, que je m'approcherais un jour si près de la cabane de l'ogre Trinité, sans mourir sur le coup ?

Elle ne comprend pas, bien sûr, pourquoi je tremble de tous mes membres, assis à côté d'elle, sur les marches de la cabane. Je ne peux pas lui dire. Pas encore. Irène ! Je répète son nom, en m'apaisant : « Irène, Irène, la belle au bois dormant... » Elle rit et demande : « Pourquoi la belle au bois dormant ? »

Je lui dirai. Oui, à elle je dirai tout. Petit à petit.

Il avait entassé dans la chambre les livres, les cartes, les photos. Notre ancienne chambre, où je montais dormir après le tournage de la journée, était devenue le musée des orphelins. Julien dormant maintenant au grenier, dans le vieux lit de cuivre, entouré des toutes premières sculptures d'Aline, les gros soleils d'argile peinturés de jaune et de noir. L'équipe dormait en bas, au salon, sur des lits pliants. Bien sûr, le premier soir, j'ai soufflé la poussière, ouvert les livres, déplié les cartes. Assis sur mon ancien lit, à la lumière du fanal, j'ai refait, le cœur à l'envers, tous les itinéraires imaginés autrefois, et je trouvais plus réels, plus prometteurs ces vieux chemins hypothétiques, que les nombreux voyages sur leurs traces que je devais faire, des années plus tard.

Dans un cahier d'école avec un chien colley sur la couverture, Aline avait collé des photographies de la Virginie, découpées dans le *National Geographic Magazine*. Un champ de tabac au lever du soleil, trois ouvriers noirs (« ce sont des esclaves ! ») appuyés sur une haute clôture de bois, dans un bas quartier d'Atlanta, un chalutier rempli de coton, comme un char allégorique, dans le port de Savannah. Les légendes, sous les photos, parlaient d'un pays magnifique, mais perdu, désillusionné. Au milieu du cahier, la célèbre photo du coucher de soleil en flammes avec Clark Gable et Vivien Leigh, en silhouettes sombres, découpée dans la jaquette du *Gone with the wind* de Carmen. Aline avait recopié certains passages du roman, soulignés par notre mère et susceptibles de nous mettre sur une piste. Dix ans plus tard, je descendais du train, à Atlanta. Je faisais la tournée des hôtels et motels, avec leurs photos. Il n'y avait plus de clôtures de bois, d'ouvriers noirs en salopette qui souriaient tristement et, surtout, il n'y avait pas, il n'y avait sans doute jamais eu de Georges et de Carmen Messier dans cette ville agitée, moderne, méconnaissable.

Le globe terrestre s'allumait toujours. Alors j'ai refait le jeu d'autrefois. J'ai fermé les yeux, fait tourner la terre et laissé traîner mon doigt sur la sphère froide, jusqu'à ce qu'elle s'arrête. Quand j'ai ouvert de nouveau les yeux, mon doigt pointait l'archipel Bismarck, au nord de la Nouvelle-Guinée. Pourquoi pas ? Ils étaient peut-être là-bas, dans une cabane de bambous, au bord de la mer, à chauffer leurs vieux os au soleil. La terre était si grande !

Je me suis étendu sur le lit, la tête vide. En glissant ma main sous l'oreiller, j'ai touché la couverture lisse et froide d'un gros livre. Les *Contes* de Perrault ! Les pages étaient gondolées, certaines étaient barbouillées du jaune safran d'Aline. Dans les marges, des dessins, des espèces de signes cabalistiques, des flèches, un bout de phrase du *Petit Poucet* souligné, par-ci, par-là : « Le Petit Poucet ouït tout ce qu'ils dirent... », « Le père et la mère, les voyant occupés à travailler, s'éloignèrent d'eux insensiblement... ».

Soudain, la porte s'est entrebâillée lentement. Julien était là, sur le seuil, nu et blanc, la bouche ouverte, les yeux vides. Je me suis levé. Il faisait non et non de la tête. Je me suis approché de lui. Il tremblait. Quand j'ai touché ses épaules, il a poussé un petit cri d'animal piégé puis il s'est laissé glisser sur le plancher comme une poupée désarticulée. Je l'ai relevé, couché sur le lit de Serge. Il respirait bien, il dormait : la crise était passée. Somnambulisme sans gravité, démence très douce, fausse alarme.

Quand je me suis réveillé, Julien n'était plus sur le lit, où l'oreiller et l'édredon avaient été remis en place, sagement. Je l'entendais rire avec l'équipe, en bas, et l'odeur de son omelette au jambon embaumait toute la maison.

Il ne fallait pas que je recommence, sans quoi il allait recommencer, lui aussi.

La pinède s'est peuplée d'elle, si vite! Il y a eu l'ogre et maintenant il y a la belle au bois dormant! Entre les branches, la tache claire de sa peau, l'éclair noir et mouillé de sa chevelure! Son parfum se mêle au baume des pins et le chant sec et brûlant de la cigale la salue, imitant ma voix d'avant, mon sifflement de couleuvre assoiffée.

Comme moi, elle vient de nulle part. Nous parlons beaucoup par gestes. Elle apparaît et disparaît, comme les anciens fantômes de l'hôpital blanc. Mais elle est bien réelle, sachant faire du feu, toucher et rire, ouvrir et fermer les yeux, tantôt feux pâles, tantôt étincelles qui m'allument tout entier. Elle s'avance au bord de l'écluse, lance sa main au-dessus de sa tête, m'appelle doucement. Elle dit qu'elle m'a reconnu et que pourtant je lui suis étranger. Moi, j'ai su tout de suite que le long sommeil de cent ans s'achevait.

Maintenant, nous hantons ensemble Grand Remous, la petite plage, la colline, la pinède. Je ne peux pas encore entrer dans la cabane. « Plus tard, je lui ai dit, quand je serai vraiment guéri de lui ». Elle a dit : « Guéri de qui ? » J'ai répondu : « De l'ogre. » Elle a ri et elle a dit : « Moi aussi, je dois guérir de mon ogre ! » J'apprends alors qu'il y a eu un homme, en ville, qui lui a

41

fait peur. « Moi, je lui ai dit, je connais la peur et je n'en ai plus peur. » Elle a ri, montrant toutes ses dents, et j'ai posé ma grande main vide sur son bras. Elle a sa revanche à prendre sur la vie elle aussi. Nous nous aiderons et tout ira bien.

Arrêt sur image : le visage inexplicable de Julien qui tremble un peu. Ses yeux enfoncés où bouge une lueur verte. Ses pommettes saillantes, avec les poils de barbe qui ne sont pas complètement rasés. Une longue mèche blond-roux qui lui barre le front. Et ce sourire qui joue à l'énigme !

Plus jeune, il ne se laissait jamais photographier. Nous l'avons presque toujours de dos, dans l'album, ou grimaçant. Quand Aline le prenait sur ses genoux, ce fameux album-bible, Julien s'énervait, évoquait le beau temps, les framboisiers à tailler, et finalement sortait en claquant la porte. Tous ces portraits, ces paysages figés : le passé que nous scrutions avec passion lui ôtait sa confiance, sa foi en nous, en ce temps présent, éternel, qu'il voulait pour nous tous.

Un soir, nous l'avons forcé à regarder. Serge l'avait immobilisé sur le lit (une prise de lutte chinoise) et Aline tournait les pages pendant que je criais, par-dessus ses hurlements : « C'est lui, c'est Georges, c'est papa, et t'as ses épaules ! Et ça, c'est elle, c'est Carmen, notre mère ! Regarde, t'as ses yeux ! » Mais il ne regardait pas, malgré les doigts de Serge qui forçaient ses paupières.

Le lendemain matin, nous scrutions, tous les trois, les petites étoiles mauves qu'il avait autour des yeux, traces de la violence et de l'inutilité de nos efforts, de son entê-tement à se croire poussé comme un oignon, trouvé sous une feuille de chou ou tombé avec la grêle dans notre jardin. Et nous riions bêtement quand il appliquait deux doigts de beurre sur ses paupières, en disant qu'il s'était brûlé, encore une fois, avec le chalumeau de soudure, en réparant la batteuse.

Tôt le matin, nous descendions sur la petite plage. Nos pas laissaient derrière nous, dans le sable, des empreintes légères d'oiseau. Aline et moi transportions les livres et les cartes, Serge, les fruits, les cannes à pêche et le filet. L'aventure recommençait, le pique-nique à Veracruz ou aux Antilles. Nous nous laissions prendre au jeu, nous nous instruisions, nous nous préparions à partir, nous aussi, sans le savoir. La légende des cartes devenait leur légende à eux, puis, tranquillement, la nôtre. Le point le plus élevé au-dessus du niveau de la mer : le mont Éverest, 8 447 mètres. Le plus haut volcan en activité : le Cotopaxi, Équateur, 5 896 mètres. Le lac le plus profond : le lac Baïkal, 1 742 mètres. L'île la plus grande : le Groenland, 2 175 600 kilomètres carrés. Nous nous faisions la classe, chacun questionnant et répondant à tour de rôle. Aline croquait dans une pomme et lançait : « Le Portugal ! » Alors je devançais Serge, qui hésitait toujours : « Republica Portugesa, 91 971 kilomètres carrés, avec les Açores et Madère, 9 900 000 habitants, république corporative, président Americo Deus Rodriguez Tomas, depuis 1958, capitale Lisbonne, monnaie escudo, territoires d'outre-mer Cap-Vert, Guinée, São Tomé, Angola, Mozambique... »

– Très bien ! Serge, à ton tour : Tanzanie !

– Euh... Dénommée Tanzanie en avril 1964... euh... République membre du Commonwealth, capitale Dar es-Salaam, monnaie shilling africain... euh...

– Ton tour, Aline : Guatemala !

– Oh, c'est facile !

Aline lâchait son livre et s'étendait sur le sable. On aurait dit qu'elle les lisait dans les nuages, tous ces mots sonnants, précis, chargés d'odeurs et grouillants d'images :

– République de Guatemala, 108 889 kilomètres carrés, le café constitue la principale denrée d'exportation, fibres de coton, cacao, bananes et fruits exploités pour le compte de la United Fruit, chicle pour le chewing-gum, bois dur, plomb, zinc, antimoine...

L'atlas, notre catéchisme ! Nous en arrivions presque à les oublier, eux, à ne plus les imaginer, quelque part, sur une presqu'île perdue ou dans une de ces nombreuses villes du monde. C'était devenu passionnant, nécessaire, une sorte de fête de la mémoire, une olympiade des mots et des chiffres, acharnée, une lutte essoufflée contre le vide, contre l'absence, contre la peur. De temps en temps, l'un de nous sautait à l'eau, histoire de calmer l'ardeur géographique. Ce petit bout de plage, c'était notre part des Caraïbes, notre minuscule croissant de Sahara.

Soudain là-haut, sur la colline, la silhouette de Julien apparaissait, contre le ciel blanc. Il faisait un grand geste des deux bras, puis disparaissait dans les pins. Aline soupirait, Serge prenait le filet et je partais alors, avec lui, pêcher pendant qu'Aline s'endormait, la tête sous l'atlas grand ouvert.

Nous étions heureux, sans doute, cet été-là. Mais aucun de nous n'aurait osé dire pourquoi, n'aurait su nommer ce bonheur-là, qui nous échappait, cet été buissonnier, ce pique-nique déraisonnable, cette drôle d'innocence. « Et si ce n'était pas à cause de nous qu'ils étaient partis ? » avions-nous l'air de penser. « Et s'ils nous avaient tout simplement précédés sur la terre ? S'ils avaient voulu nous libérer, en nous abandonnant ? »

La vieille cabane à sucre délabrée. Julien est debout, dans la porte. Il parle, mais j'ai coupé le son, sur la machine. Cette cabane, c'était son domaine, son refuge, le mouroir de ses colères, de ses crises. Au printemps, nous y montions pour cueillir l'eau d'érable et faire bouillir le sirop que nous vendions au bord du chemin, sous un auvent de planches. Nous avions alors de quoi vivre jusqu'à l'été. Julien bûchait, charriait le bois. Il devenait fort et nous commencions à avoir peur de ne plus pouvoir le maîtriser, au plus fort des crises. Il avait construit un alambic, au fond de la cabane. Au début, il ne buvait pas. C'était pour le vendre qu'il fabriquait son whisky, avec la recette de l'oncle Louis-Paul, trouvée dans le grenier. Mais, tranquillement, il a commencé à goûter, puis à se mettre gai, et ensuite c'est allé très vite et nous le trouvions ivre mort, le soir, au pied d'un arbre ou sur le sol en terre battue de la cabane. Serge disait que l'alcool lui faisait du bien. Les crises s'espaceraient, il ne fallait pas s'alarmer de le voir saoul de temps en temps. Quelque chose, selon lui, s'équilibrait en Julien. Son néant rencontrait le néant de l'ivresse et c'était bien comme ça. Ça passerait, Julien avait quinze ans, il comprendrait. Nous nous en faisions pour rien, Aline et moi, pour des frasques d'adolescent. Serge disait :

– Julien est peut-être le plus normal de nous tous. Il souffre à visage découvert, lui !

Ça nous clouait le bec, mais pas pour longtemps. Souvent, prenant la lampe de poche, nous montions en pleine nuit, Aline et moi, à la cabane. Nous avions peur, nous ne pouvions pas dormir. Et si Julien s'était tué, avec l'alcool ou bien avec le fusil ? Les branches qui craquaient sous nos pas, l'air froid de la nuit, le ciel noir, le hululement de la chouette et l'épais silence du bois nous faisaient trembler. Nous nous tenions la main, comme Hansel et Gretel, et ça nous faisait rire et trembler plus fort encore. Aline sifflait et je raisonnais à voix haute, pour conjurer l'effroi :

– Va falloir faire quelque chose. On pourra pas le garder longtemps ici. Il a besoin de soins, je sais pas, moi, il est peut-être dangereux...

– Tais-toi, Charlot ! Tais-toi !

Mes paroles faisaient pire que la nuit, la chouette, le silence. Aline s'arrêtait de marcher pour me faire taire et me dévisageait alors avec des yeux effrayants. La peur nous dessinait des visages qui nous épouvantaient l'un l'autre, dans le faisceau de la lampe de poche. Pétrifiés, nous regardions monter la buée de nos souffles, puis nous nous remettions à grimper la colline, sans plus échanger un mot.

Il était là, étendu sur la mousse, comme mort. Aline le prenait par les jambes, moi par les épaules, et nous le couchions sur son lit de sapinage, au fond de la cabane.

En redescendant, l'aube commençait au fond de la pinède. Nous étions pâles et fatigués, la gorge nouée de fous rires d'enfants perdus. Serge nous attendait dans la cuisine.

– Laissez-le donc tranquille ! Vous êtes des amateurs de drame, comme les commères du village !

Nous lui en voulions de son indifférence, où nous

reconnaissions la fausse sérénité de papa, son habileté à raisonner pour ne pas se laisser émouvoir. Nous nous découvrions alors, Aline et moi, une même sensibilité à fleur de peau, des obsessions, une imagination commune qui faisait, avec la peur, un drôle de ménage. Serge disait que nous tâchions d'inventer un destin héroïque ou maudit à notre pauvre petit frère en crise d'adolescence. Il était furieux et s'emportait quand je parlais de maladie mentale ou lorsqu'Aline évoquait, pour expliquer les crises de Julien, « la schizophrénie douce » de Carmen, notre mère, dont Serge avait fait une déesse, une martyre, une intouchable. Nous nous chicanions comme des spécialistes, comme des partisans enragés, la tête froide et le cœur en feu, avec des phrases vitriolantes suivies de bouderies qui duraient tout l'après-midi, et puis nous passions l'éponge, le soir, mais restions sur nos positions jusqu'à la prochaine cuite de Julien.

Mon petit frère, tu étais un cas, un problème bien au-dessus de notre âge, et surtout du tien.

J'appuie sur le bouton et je te regarde gesticuler, je t'écoute parler de « l'odeur d'eau d'érable qui a parfumé notre enfance... ».

*Pourquoi ton sourire est-il devenu un sourire en coin,
une grimace de chercheur perdu, Charlot? Pourquoi tes
mains fouillent-elles sans cesse tes cheveux, ta nuque,
comme des petites bêtes nerveuses qui auraient perdu
leur chemin et ne peuvent plus rester tranquilles? Ne me
réponds pas, Charlot. Je délire. Grimpé dans le pommier
près du hangar, je scrute un horizon noir de neige et
rayé d'argent, à ras des collines. Le vent est tombé, on
n'entend plus que le grésillement tranquille des derniers
grillons abasourdis de fatigue et d'été. Je lis les livres,
Charlot. Les poèmes surtout, fiévreusement. Vous ne
vous doutez pas de ça, hein, tous les trois? Que je les
ouvre, vos livres, que je les lis, que je m'intoxique peut-
être? Encore un autre secret, Charlot. (Vois-tu, on n'en
finit jamais, avec eux!) Ce sera votre faute jusqu'au
bout! Vous verrez! Votre faute et celle de vos livres. Et
puis les docteurs ont trop souvent dénudé mes bras et
mêlé leur chimie à mon sang. Je suis, encore aujour-
d'hui, cet adolescent enflé d'inquiétude, sec comme un
vieil arbre et rongé d'une sorte de lichen brûlant comme
du sel. Je sais que tu ne comprends pas, Charlot, et
d'ailleurs moi non plus.
J'ai allumé un feu avec les branches mortes de nos
pommiers. Je me déshabille. Elle, elle est déjà nue, dans*

la lueur du feu. Sur la peau sombre de son ventre, les flammes dessinent des serpents, des comètes. Le grand fleuve d'étoiles coule au-dessus de nous. Elle marche autour du feu et c'est comme si elle dansait. Le toit de la grange est mouillé de reflets. La fumée de feuilles nous drogue. Je te fais peur, Charlot? Mais non, tu connais bien mon trop-plein. Voilà des mois que le désir me cherche, dans l'eau, sur le sable, dans le bois, sur les sentiers de la pinède. Son odeur, mêlée à celle de l'asclépiade et de la résine de pins... Sauvage est le monde, sauvage est ma folie d'elle! Mon désir, ma revanche! Les geais crient, l'engoulevent pousse des feulements de forêt vierge et je me donne à elle, à la nuit. L'enfant de la jungle, c'est toujours moi. C'est comme ça que vous m'appelez : « L'enfant de la jungle. » Élevé par les bêtes, connaissant leur langage et ne sachant rien de celui des hommes. Mais, Charlot, j'ai peur, moi aussi, que vous découvriez tout, petit à petit...

Je n'aime que vos livres dans lesquels des clartés sortent des décombres, ceux qui ne font pas état de conflits entre le désir et l'esprit, ceux qui donnent à la ténacité du corps la même place qu'au désespoir de la tête. Et je les lis dehors, grimpé dans le pommier, sur le petit pont de la crique, ou encore couché dans le champ. Les mots doivent me circuler dans le sang pour prendre leur sens. Plusieurs de vos livres me tombent des mains, dès qu'ils me demandent de comprendre sans ressentir. J'en ai brûlé quelques-uns pour partir mes feux. Leurs pages noires qui se tordent dans la flamme me font plaisir. Il me semble voir s'envoler en fumée un peu de votre méchante obstination et beaucoup de ma colère contre vous. Autrefois, il n'y avait pas de livres. Ou plutôt un livre, un seul : Les Contes. Mais de ça, je ne peux pas encore vous parler, mes frères.

Charlot, les docteurs n'ont rien tiré de moi. Je suis

toujours intact et « enchanté », quoi qu'ils en pensent. Ils auraient pu me rendre fou pour de bon, et pourtant ils n'ont fait que rendre plus claires, plus violentes et plus belles les voix que je n'entendais presque plus, avant la clinique. Je te parle, oui, de ce maudit équilibre que je n'atteindrai jamais, dont je n'ai pas voulu et qui vous a coupé de la joie et de la terreur, tous les trois, qui vous a fait les yeux battus et les visions pauvres. Personne ne sait rien, il faut vivre avec cette loi-là ! Certains jours, la grande prairie brûle. Un matin, les chevreuils viennent manger dans ma main, et le lendemain, ils sont introuvables dans tout le bois...

Charlot, nous avons fait ce qu'il fallait, elle et moi. Ma douce revanche est commencée, ici, sur la grève. Maintenant, la belle est retournée dormir dans sa cabane.

Un matin de décembre, Julien est entré en coup de vent dans la cuisine, habillé de peaux de lièvres, comme un coureur des bois. Ça y est, nous apprenait-il, la cabane à sucre était refaite, ses murs et ses fenêtres calfeutrés pour l'hiver. Il venait nous faire ses adieux jusqu'à Noël. Aline éclata de son rire d'effraie et Serge a souri en branlant la tête. Moi, j'ai simplement dit :

— On compte sur toi pour le gibier du réveillon !

Pratique, pragmatique, le grand frère prenait les airs et le ton du bon papa qu'un petit drame de plus n'émeut pas outre mesure. Mais notre Radisson puait le gin d'alambic à plein nez et caracolait dans la cuisine à la recherche de provisions pour tenir le siège jusqu'à la sainte nuit. J'enrageais, sans rien faire paraître. Oh ! comme je leur en voulais, alors, à eux ! De nous avoir laissé Julien à éduquer, à surveiller ! De nous forcer à conjurer sa folie et, du même coup, notre impuissance ! La fête de Noël prenait les couleurs du carême, de la Passion, couronne d'épines, fiel, avec Aline et Serge, mes deux Ponce Pilate qui s'en lavaient les mains ! Ces images de l'Évangile me ravageaient, moi, « le Christ aîné ! ». C'est à peu près tout ce que la fréquentation de l'église, à laquelle papa nous avait forcés, nous autres, les plus grands, m'avait laissé : des scènes d'horreur, le chemin de la croix, mon premier film, dans son cadrage de bronze et de dorures avec, en prime, la sensation récurrente que la vie pouvait n'être qu'une longue veillée pascale sans certitude de résurrection. (Oui, plus j'y songe, plus je me rends compte que j'ai voulu faire des films pour effacer ce premier chef-d'œuvre, assimilé malgré moi, devenu mien : le chemin de la croix, obsédant, cruel, insurpassable !)

Nous allions vivre trois longues semaines sans revoir Julien. D'abord, il gela à pierre fendre, puis neigea si abondamment que le chemin qui menait à la cabane à sucre devint impraticable, même en raquettes. Nous enfoncions jusqu'aux cuisses dans ce marécage de gros sel qu'étaient devenus la clairière et les champs. Serge et moi bûchions à nous en déchirer les épaules pour entretenir le feu, pendant qu'Aline tricotait, sans s'arrêter, foulards et tuques, et achevait d'assembler, avec des bouts de tapis et de nappes, la grande courtepointe qui nous tenait au chaud, le soir, tous les trois, sur le divan du salon, à relire les livres, à recommencer les trajets et les parcours de leur « fuite en Égypte », comme disait Aline. Nous, les saints innocents, pâles et grelottants sous la couverture en patchwork qui sentait le chien mouillé, tâchions de suivre l'étoile du berger qui sillonnait le ciel sans jamais s'arrêter au-dessus de la crèche où père et mère, sans doute, grelottaient comme nous, perdus, abandonnés, eux aussi. A la lueur des bougies de Noël trouvées dans le grenier (l'électricité était souvent coupée, des journées entières, cet hiver-là), avec les couronnes tressées de sarments de vigne et les guirlandes scintillantes, nous vivions ce temps de l'Avent, entretenant faiblement l'espoir d'un miracle, leur retour, coïncidant avec le grand mystère de la naissance du petit Dieu dans la paille. Nous priions, retrouvant la ferveur forcenée des lointaines nuits de fièvre, quand, avec celle de maman, nous faisions monter nos voix vers un ciel abstrait et bienveillant, implorant Jésus, Marie, Joseph de transformer le monde en paradis. Nous serions, nous le promettions, plus généreux que Melchior, Gaspard et Balthazar aux pieds de l'Enfant-roi, lui donnant nos cœurs pour toujours, plus sages que les anges dans nos campagnes et plus chauds que le bœuf et l'âne dans l'étable, si le miracle se produisait : si, le soir de Noël, ils apparaissaient sur le seuil de la porte, loqueteux et repentants, nos parents. Aline relisait à haute voix *La Petite Marchande d'allumettes* et nous pleurions, nous serrant très fort, tous les trois, sous la courtepointe.

Sans Julien, nous redevenions sentimentaux et détraqués. Mais que faisait-il, lui, dans sa cabane, pendant que nous nous préparions à passer notre Noël de pauvres petits orphelins grelottant de froid et de chagrin ? Serge : « Il trappe, mange et dort. » Aline : « Il médite, il communie avec l'esprit de la terre gelée. » Moi : « Il se saoule et n'arrive pas à oublier sa monstruosité. » Décidément, il n'y avait que Julien pour nous sortir de nos torpeurs et nous plonger dans une inquiétude très vraisemblable. Nous étions les parents et notre petit avait fui la maison. Il n'était pas bien loin et pourtant il était perdu pour nous, « mystère Julien », comme le nommait Serge. Ce n'est qu'aujourd'hui, devant ces images de mon film raté (je voulais l'appeler *Julien le Magnifique*), que je commence à comprendre, peut-être, ou tout au moins à deviner. Et s'il avait « joué », toutes ces années-là ? Et s'il s'était laissé prendre à son propre jeu, à sa légende, jusqu'à la folie ? Ayant reconnu le désespoir dans l'agitation des cartes, des livres et de nos conversations scientifiques, s'il avait décidé de se sacrifier ? Dans la tragédie de Grand Remous, c'est lui qui serait l'ombre, le fou, l'équivoque, le prodige ! Pour nous empêcher, tous les trois, de nous laisser mourir de délaissement. Sa cabane, sa thébaïde, son personnage de coureur des bois, c'était peut-être cela : une diversion, un mythe, une métaphore, une sublimation redoutable mais qui s'était faite par tendresse. Combien de fois ne nous avait-il pas dit, ouvrant de grands yeux et haussant comiquement les épaules :

– Des comme moi, il en faut, des mouches à feu au cœur de l'hiver, le monde en a peut-être besoin...

Le monde, c'était nous ! Un monde en perdition. Julien faisait courir ses lueurs de phosphore, de folie, sur une réalité qui se serait sans doute effondrée sans elles. Nous ne comprenions pas, ne pouvions pas comprendre. Notre recherche enragée des raisons, motifs, justifications pour tout – leur départ, notre abandon, tes écarts, surtout, cher petit frère – nous empêchait de te connaître vraiment, nous obligeait à t'imaginer fou, Julien, aliéné, épris de grandiose et de sorcellerie. Comment savoir, avec toi, mon frère ? Mais peut-être que toutes ces pensées, qui me viennent à retardement, ne sont que des lueurs, elles aussi. Un besoin de légende d'une autre espèce que celle que j'ai toujours si durement poursuivie chez toi, et dont je me méfiais le plus, croyant « savoir » que tu étais fou, c'est-à-dire choisi par la folie et non pas choisissant toi-même cette folie par... oui, par amour !

Fidèle à sa promesse, Julien fut de retour à la maison pour le réveillon, avec des cadeaux. Trois statuettes qu'il avait sculptées dans du bois de cèdre. Deux Adam et une Ève, nus et les bras ouverts, portant nos trois têtes assez ressemblantes et des cheveux d'ange. Si on rassemblait les trois statuettes, on tenait entre nos mains un petit arbre joufflu et pleureur. Nous le tâtions à tour de rôle, intrigués jusqu'au fou rire, spéculant sur ses possibles significations, convaincus que Julien avait voulu nous « lancer un message ». Peine perdue : l'arbre demeurait un petit mystère lisse et gracieux, au creux de nos paumes.

Dix ans plus tard, descendu vers le Sud, sur leurs traces, je l'ai vu, cet arbre, immense, avec toutes ses feuilles au vent, à l'entrée de la ville de Savannah. C'était le tulipier de Virginie.

Au village, on l'appelle l'ogre de Grand Remous. Je le regarde grimper la longue échelle, appuyée contre la lucarne de la grange. Quand un éclair traverse le ciel noir, il l'attrape avec sa main et lâche un rire de cheval fou, en me regardant.

— M'as-tu vu, hein, m'as-tu vu, Petit Poucet?

Il se balance, au bout de l'échelle, il va tomber!, et il rit, il rit si fort! Je sors de ma cachette, sous la galerie. Il ne pleut pas, il tombe des rafales d'eau, comme au bas des chutes. Je m'approche de l'échelle. Je veux l'aider, je veux le tuer, je ne sais pas ce que je veux! L'échelle danse et Trinité rit, si fort!

— T'as peur, hein, t'as peur, Petit Poucet!

Une boule de feu sort du ciel. Je tiens l'échelle, je veux l'aider! Trinité crie :

— Ôte-toi de là, tu vas me faire tomber, Petit Poucet de malheur!

Je l'ai vu, je l'ai vu disparaître avec le feu dans le ciel! Je tenais toujours l'échelle, j'étais agrippé à l'échelle et, tout en haut, il y avait maintenant une grande flamme rousse qui éclairait la lucarne, mais pas de Trinité! Je vous jure, mes frères, que je l'ai vu s'envoler dans le feu du ciel! Je n'avais rien fait, je tenais l'échelle, je voulais l'aider!

Oh, il a pris sa revanche, l'ogre, bien sûr, il est revenu! Après la nuit du barrage, il est ressuscité. Il voulait me dévorer, vous dévorer aussi, il voulait nous ôter Grand Remous! Il me fallait le tuer une deuxième fois. Il fallait que Trinité meure encore, il le fallait! Oh, mes frères, je ne peux pas encore vous parler de tout ça...

Elle, elle me dit : « Tu n'es pas fou ! » Elle ne me dit pas, comme les docteurs : « Mais un ogre, ça n'existe pas ! »

Je traverse la pinède, le gros livre de contes sous le bras. Ce soir, je vais répondre aux questions d'Irène, lui lire les contes, parler de Trinité. Peut-être même dormirai-je dans sa cabane, le chalet, l'ancien refuge de l'ogre. Tout est maintenant derrière moi : ma vie de Petit Poucet persécuté, mon attente, ma terreur, la clinique, les docteurs, ces terribles cent ans de sommeil ! Elle comprendra qu'il a existé, l'ogre, et que j'ai déjà payé, pour cette nuit-là et pour l'autre, celle du barrage ! Elle a eu son ogre, elle aussi, alors elle comprendra. Vous aussi, mes frères, vous comprendrez, vous comprendrez !

Je débouche dans le bois de bouleaux, en haut du rocher. La lune brille dans l'eau du barrage...

Ce matin, dans mon courrier, une enveloppe bleu ciel, avec deux timbres gigantesques représentant les dunes de Cape Cod. Je la déchire et un cahier, dont je reconnais vaguement la couverture – un petit garçon qui pêche au bout d'un quai de bois, l'eau est d'un bleu irréel –, tombe sur mes genoux. Une feuille détachée d'un bloc-notes y est agrafée. Je reconnais, bien sûr, l'écriture de Serge :

Charlot, hello !

Ai trouvé ce cahier en rangeant mes vieilles affaires. *Old secrets, ancient horrors !* Toi qui veux tellement comprendre, savoir, tu regarderas tout ça, *lonesome worrier.*

Je reste ici pour l'hiver. Mon ami – le même depuis huit mois, *would you believe ?* La terrible maladie oblige ton frère à la fidélité et, Gosh, il s'y fait, le pauvre ! – est artiste peintre. Il réinvente à sa manière, haute en couleur, la décadence et les plages radieuses et, comme tout le monde, ici, lui déclame : « *I love your work !* », nous nous incrustons, et tout va pour le mieux, ou presque. Eh oui ! la preuve est maintenant faite de ce que tu as depuis toujours prophétisé, cher Aîné, à savoir que je deviens le plus vieux gigolo de toute l'Amérique, *and I don't care anymore about it!*

Pas de traces des vieux, si tu veux savoir. Ni sur le sable des vastes plages, ni dans les vagues, ni aux terrasses des hôtels, ni dans les *tourist rooms*, ni sur les ponts des yatchs où se prélassent les *beautiful people* de la côte. *Forget it*, Charlot! C'est ce que j'ai toujours prêché, non? L'oubli pur et simple. Je n'y arrive pas tous les jours, mais *so what?*

Good luck with the next movie et ne te rends pas fou, à ton tour, avec… tout ça! Comment disait-on, autrefois? « Glisse, glisse, n'appuie pas! », ou quelque chose comme ça?

Farewell and love,
my deep and profond brother

Serge

Terrorisé mais léger, mon petit frère, *as usual*. J'ouvre le cahier. Sur la première page, l'écriture d'Aline: « Les rêves de Serge, hiver et printemps 1965. » J'ai tout à coup très chaud, un gros frisson hérisse tous mes poils. Les rêves de Serge: Aline les lui faisait raconter et les notait scrupuleusement dans ce cahier avec le petit pêcheur sur la couverture. Nous prétendions, Aline et moi, que l'inconscient de Serge parlait comme un oracle. Lui, le nonchalant, l'adolescent *cool*, le débranché, l'amoureux inguérissable de maman, l'enragé tendre, faisait des rêves dans lesquels apparaissait « le prisonnier qui renonçait à l'évasion ». Ses délires, notés par Aline et attentivement étudiés, ensuite, nous semblaient amorcer un « processus restitutif de guérison », comme nous l'avions lu dans un livre de papa.

Cahier d'Aline

22 janvier 1965

Premier rêve de Serge : « Les os de maman. »

Nous sommes assis, tous les trois (Julien n'est pas avec nous), sur un rocher moussu qui surplombe le barrage. Aline pleure. Charles plonge le bras dans l'eau et retire, l'un après l'autre, les ossements de maman, qui sont gris et plats, détachés les uns des autres. Il les pêche, un à un, sans se presser. Il murmure : « Je le savais ! Je le savais ! », et il a l'air très calme. Soudain, je me retrouve dans notre chambre. Julien est là, assis sur mon lit, qui sourit en faisant tourner le globe terrestre. Je cherche mes souliers pour m'en aller et ne les trouve pas. Aline dit : « Tu ne sais pas marcher, pourquoi des souliers ? » Et vous riez, tous les trois, et moi je tombe, je tombe dans le vide…

Nous nous creusions la cervelle, fouillions dans les livres de papa, Aline et moi, pour tenter d'expliquer ces rêves qui nous troublaient bien davantage que le rêveur lui-même. Serge, enfoncé dans le divan, récitait en effet comme un médium en transe. Une fois le rêve restitué, il haussait les épaules, comme réveillé d'un coup, et partait jouer dehors, nous laissant à nos délires d'interprétation. Bien sûr, nous n'arrivions jamais à déchiffrer complètement les rêves. Nous en restions aux interprétations secondaires, anecdotiques, extravagantes, et finissions par nous complaire dans les délires de Serge, forts en péripéties. Une terreur sacrée nous empêchait de toucher l'horreur, la catastrophe originelle, l'abandon. Il aurait fallu mener nos enquêtes avec une clairvoyance, une pénétration dont nous n'étions pas capables, bien sûr. Et pourtant, nous voulions comprendre, savoir ! Nous voulions connaître les véritables causes de ce que nous appelions « notre mal à quatre ». Mais l'amour, coupé comme un courant, nous manquait pour plonger aveuglément dans nos épouvantes. Pourtant, une fois que nous avions commencé, nous ne pouvions plus reculer, encore moins renoncer à nos séances d'analyse où nous retrouvions, faute de clarté, une connivence étourdissante qui faisait passer le temps. Et puis, sans doute, comprenions-nous lentement quelque chose que nous ne saurions jamais formuler, à savoir que nous n'étions pas seulement les victimes, peut-être, mais aussi un peu les auteurs de nos misères, et qu'on ne subit pas certaines terreurs sans d'abord, et à son insu, les avoir provoquées.

Le froid nous faisait nous enfoncer dans le lit, Aline et moi, parfois jusque tard dans la nuit. La vie quotidienne devenait abstraite. Serge bûchait tout seul et, souvent, cuisinait un souper que ne pouvions avaler, ni l'un ni l'autre. Du tréfonds ne remontaient que des souvenirs de nos parents (Aline, surtout, était intarissable !) que, par ailleurs, nous cherchions à oublier. Une douleur diffuse, englobante, nous empêchait à la fois de dormir et de bouger, tous les deux, au creux du grand lit. Nous étions abandonnés de nouveau, perdus et livrés sans résistance à une espèce de vertige de chute où nous entraînaient les rêves de notre frère, médium malgré lui, qui refusait d'avoir mal, qui se soulageait chaque matin de ses démons en nous les confiant, et qui coupait du bois derrière la maison ou brassait les chaudrons dans la cuisine, pour nous tirer de nos songes creux.

Pourquoi m'est-il revenu, ce cahier? Que viennent faire, aujourd'hui, les rêves de Serge, vieilles divagations de l'ancien monde, dans ma vie? Qu'y a-t-il à chercher, à trouver? Un film raté, des lambeaux de mémoire, des pistes froides, des tranches de rêves sans queue ni tête et une tendresse très tard venue : voilà mes seuls sentiers pour retrouver Grand Remous.

Je m'arrête, comme essoufflé. Et, précisément, c'est la voix de Serge que j'entends murmurer, au creux de mon oreille :

– Va dehors! Va marcher, tu cesseras de penser à... tout ça!

Il disait « Tout ça! », en faisant un grand geste des deux bras : table rase, foutaise, inextricable méli-mélo, bouillie pour les chats!

Un soir, en sortant de la chambre aux livres, après une autre de nos séances d'interprétation des rêves de Serge, nous avons ouvert la porte sur Julien qui, visiblement, nous avait épiés, Aline et moi. Il a rougi, puis souri, avant de me lancer, d'une voix trop forte :

– Un prince jeune et amoureux est toujours vaillant!

Puis, baissant la voix, et cette fois pour Aline :

– Mais le Petit Poucet ne découvrit rien de tout ce qu'il savait à ses frères!

Sur ces paroles sibyllines, il nous a tourné le dos et s'est dirigé vers sa chambre en sifflotant. Aline, sans me regarder – mais je la sentais inquiète, tremblante –, a murmuré :

– Qu'est-ce qu'il a voulu dire ?

Évidemment, je ne savais pas ce qu'il avait voulu dire. Je ne le sais toujours pas. Tout ou rien. Qu'avait-il entendu, derrière la porte ? Que savait-il ? Quelle part avait la comédie dans son personnage de sauvage clairvoyant ? Qu'essayait-il de nous faire comprendre, alors, avec ses rares répliques extraordinaires et ses infinis silences de moine ? Était-ce lentement la folie qui faisait son poison en lui ? Et aujourd'hui encore, qu'essaie-t-il de nous faire comprendre ?

C'est ce soir-là qu'Aline a prononcé cette phrase de grande personne amère qui ne devait jamais plus me laisser en paix :

– Nous sommes inséparables et irréconciliables, tous les quatre !

Ça, je savais ce que cela voulait dire ! Un seul destin pour quatre, une seule vie à se partager, une seule âme habitant quatre corps, quatre entités possédant le même corps, etc., et tout le *mumbo-jumbo*, comme dirait Serge, notre frère américain, notre faux exilé.

Personne ne vient à notre secours, Charlot. J'ai dix ans et, pour la première fois je revois l'ogre Trinité. D'une seule enjambée, il passe les collines, ses pieds couvrent toute la clairière. Je suis un tout petit bonhomme, les jambes engourdies d'être resté trop longtemps assis sur le rocher moussu, derrière la grange. J'aperçois d'abord son ombre dans l'eau de la crique, puis sa jambe qui traverse le ruisseau en un éclair. J'entends son souffle qui fait comme un ouragan dans mes oreilles et sa voix grondante qui roule comme tonnerre jusqu'au fond de la pinède : « Éloigne-toi de là, que j'te piétine pas...! »

Je ne vous parle jamais de l'ogre, Charlot. J'interroge les arbres et les buissons. Il me semble que les fleurs sauvages me regardent fixement, effrayées pour moi. Je me couche dans le foin vert, ferme les yeux, et alors un papillon vient me frotter l'oreille pour me rappeler que tout est ma faute et que l'ogre Trinité me cherche, qu'un jour il me trouvera et qu'ensuite ce sera votre tour !

Je reste fidèle aux bêtes et aux plantes qui me protègent de lui. Je vis en accord avec leurs conseils et elles m'assistent dans mes peines. Ça n'est jamais quelqu'un, Charlot, qui intercède pour moi auprès de l'ogre. Personne ne vient à notre secours !

Le chevreuil blessé par ma balle de 30/30, je le suis dans le sous-bois de la sucrerie. Trois jours durant, je colle mon oreille à l'orme, puis au bouleau et j'écoute chacun de ses bonds égarés. Et puis, je le vois : la douleur l'immobilise, il frotte doucement son flanc contre la paroi tendre du rocher, puis repart en caracolant. Je le suis encore. Chaque fois qu'il s'arrête pour se frotter à nouveau, je vois sa blessure saigner contre l'écorce ou la pierre. Quand je m'approche enfin de lui, il est épuisé. C'est parce qu'il va mourir qu'il accepte mes caresses. Alors je sais que je suis pareil à lui, et je pleure en passant doucement ma main dans sa fourrure mouillée de sang.

Non, je ne suis pas fou ! Un jour, peut-être, vous comprendrez, tout seuls.

Si j'ai accepté les remèdes des docteurs, c'est parce que je savais que j'allais mourir. L'ogre m'avait enfin rattrapé. Personne ne vient à notre secours !

Je ne peux pas dormir. La fenêtre est ouverte, une petite neige virevolte et ça sent la terre mouillée, le jardin fané, les odeurs précises de l'automne à Grand Remous. Je tourne les pages du cahier d'Aline sans me décider à poursuivre la lecture de tous ces cauchemars de Serge (il y en a plus de cinquante pages, de l'écriture serrée d'Aline !). Je ne peux plus regarder le film, non plus. Je me sens arrêté, frissonnant et comme au bord de quelque chose… Tout à coup, je ne sais pourquoi, je me rappelle Alexis Zorba et un fiévreux coup de téléphone, ici même, dans cet appartement-refuge, il y a dix ans :

– Allô!

Ça grésillait dans l'appareil : on aurait dit une nuée de cigales surexcitées essayant de me confier un précieux secret. Et puis, une toute petite voix, mais que j'ai reconnue toute de suite :

– Bonjour!

– Aline ?

– C'est moi !

– Ma petite sœur ! Où es-tu ?

– Toujours sur l'île de Crète. Zorba n'est pas encore revenu, alors je l'attends !

Aline riait derrière les crépitements. Zorba ! Notre maître, « notre vrai père ! ». Le livre de chevet d'Aline, mon film capital. « Malheur à celui qui n'a pas en lui la source du bonheur ! Malheur à celui qui veut plaire aux autres ! Malheur à celui qui ne sait pas que cette vie et l'autre ne font qu'une ! » Nous répétions, après Zorba, courant dans les rues de la ville : « Je suis couvert de plaies cicatrisées, c'est pour ça que je tiens le coup ! » Zorba, l'orphelin magnifique, l'être libre par excellence, celui qui voit chaque jour toute chose pour la première fois. C'est lui qui nous avait poussés à partir, qui nous avait chassés, pour ainsi dire, de Grand Remous. Nous avions acheté le disque, la musique du film, et nous dansions ici, des soirées entières, au son du santouri, oubliant leur voyage à eux et songeant aux nôtres, la tête en feu. Remplissant « notre âme de chair, notre chair d'âme », nous nous saoulions de Zorba, parlions de la Grande Bêtise, notre nouvelle façon de nommer leur départ, l'abandon, et dansions encore et encore sur des airs douloureux : oui, la vie coulait entre nos doigts et il n'y avait ni enfer ni salut ! Nous dansions, les reins nous faisaient mal. Serge tapait sur le plancher de sa chambre, hurlait : « Arrêtez-vous ! Arrêtez-vous ! » Mais nous dansions jusqu'à ce que nos corps, comme celui de Zorba sur le sable de sa plage crétoise, s'effondrent sur le divan du salon. Je criais :

– Joue, Zorba, joue encore !

Aline pleurait et dansait toute seule pendant que je m'endormais sur le divan : la bête sauvage lâchait prise. Le lendemain, je me réveillais, encore excité, Aline recroquevillée contre moi. Et nous recommencions : je remettais le disque, nous revoyions la plage de Crète, le grand Anthony Quinn gesticulant dans le ciel grec, et alors Aline reprenait le livre et lisait :

– « Elle est comme cela, la vie, bigarrée, incohérente, indifférente, perverse, sans pitié... »

Serge descendant en trombe, arrêtait la musique et nous dévisageait avec son air de justicier ahuri.

– Votre Zorba parle comme notre frère que vous déclarez fou ! Non, mais, un peu de logique ! Vous faites un dieu avec l'un et vous voulez faire enfermer l'autre !

Essoufflés, nous le regardions comme s'il arrivait d'une autre planète. Puis nous éclations d'un rire fou, remettions le disque et reprenions la danse. Nous avions un peu honte, bien sûr. (Serge avait si souvent raison, seulement qu'était la raison ?) Nous ne voulions pas perdre la passion de Zorba, retrouver la terreur et le désespoir. Nous dansions, et le temps passait sans nous faire de mal, comme les mois et les années au paradis crétois de Zorba le Grec. C'était en septembre 1968 (*Here comes the sun*, l'aube de l'âge du Verseau pointait, loin, là-bas), nous venions de quitter Grand Remous, laissant la terre à Julien, le sauvage, nous allions partir de par le monde : nous allions faire comme eux !

– Tu ne les as pas rencontrés, quelque part sur l'Acropole ou dans les ruines de Cnossos ?

– Pas plus de traces d'eux, Charlot, que de Dionysos et de Bouboulina !

Aline avait toujours son rire de chouette, un peu dompté maintenant. En trois phrases, sans doute répétées à voix haute avant le téléphone, elle me décrivit les plages de Crète envahies par les hippies en quête de « l'absurde et injustifiable allégresse » et parla d'une pêche grosse comme un melon qu'elle avait mangée, l'après-midi même, et qui lui avait soudain donné envie, très envie, de parler à son pauvre grand frère nostalgique, enfermé dans un quelconque studio minable à tâcher d'apprivoiser les machines destinées à lui obéir un jour et à réaliser le chef-d'œuvre qui ravalerait *Zorba le Grec* au triste rang de film noir et blanc de troisième catégorie. Pas de souffrance dans sa voix. Simplement une ironie sereine, une amertume tranquille de grande jeune fille seule et vagabonde. Et puis, sans transition et d'une voix blanche, la question terrible :

– T'as des nouvelles de Julien ? T'es allé le voir à la clinique ?

D'un coup, la panique m'était revenue, cette espèce de suffocation rapide et violente qui m'ôtait tous mes moyens, dès qu'on me rappelait la clinique. Aline attendait au bout du fil, retenant son souffle, elle aussi. Sans doute avait-elle deviné mon « coup de sang », comme on disait autrefois, parodiant papa et ses formules dramatiques. Je n'étais pas allé le voir depuis longtemps, mais le docteur avait téléphoné :

– Qu'est-ce qu'il a dit ?

– Oh, rien. Il paraît que Julien a encore parlé de Trinité Lauzon, du chemin du château et des gardes endormis depuis cent ans.

– Qu'est-ce que tu racontes ?

J'expliquai à Aline que le docteur s'inquiétait et me téléphonait, de temps en temps, pour me demander : « Le géant Trinité », ça vous dit quelque chose ? Je lui parlais de l'accident du grand Trinité Lauzon, qui avait tant impressionné Julien, petit. Le docteur soupirait. Je soupirais aussi. Sans doute Julien essayait-il de nous dire quelque chose. Mais quoi ? Le docteur soupirait une dernière fois et raccrochait. Aline a eu son petit rire d'effraie dans l'appareil :

– Il joue encore. Il fait semblant, non ?

– Je sais pas, Aline. J'ai souvent très peur.

Un gros soupir et de nouveau le grésillement, peut-être les insectes crétois.

– Oh, moi aussi, Charlot ! Mais qu'est-ce qu'on pouvait faire ?

– Je sais pas.

– Je veux dire… Oh, Charlot, je suis coupable, tu es coupable, tout est de notre faute !

– Dis pas ça ! Remange une pêche-melon, saute dans les vagues, pense plus à lui, ni à nous, ni à eux, Aline ! Tu te souviens ? « Le cœur de la terre se fendit, le très doux poison oriental se répandit. Je sentis en moi pourrir toutes les fibres...

– ...qui me liaient encore à la vertu et à la peur. » Zorba !

– Zorba, mais oui ! Notre frère s'en sortira, tu verras !

Confiant et protecteur, le grand frère, cinéaste éperdu, aîné éternel et non coupable !

Je ne sais plus quels furent les derniers mots d'Aline. Je ne me souviens que de la musique du santouri. En effet, après le coup de téléphone de ma sœur, j'avais mis le disque et dansé tout seul, dans ma chambre de la rue de Gaspé, désirant, comme Zorba, me plonger la tête dans la mer (« Je suis en feu, il faut que je m'éteigne ! »).

Je faisais alors mon premier film, une histoire d'erreur d'identité fragile et obsédée. Je voulais à tout prix sortir de l'ombre, exorciser la terreur sacrée : j'avais besoin de tout et ne savais rien en faire. Je n'avais pas pu, moi, comme Aline, me rapprocher de la mer et du soleil. Il me fallait travailler, me racheter. J'étais, finalement, l'envers de Zorba, son *dark side* : le créateur coincé. Aline, elle, continuait sa cure géographique, vaille que vaille, comme un pèlerinage sans but.

Souvent, je prenais l'auto et roulais vers le nord. Irais-je à Grand Remous ou à la clinique ? Irais-je revoir nos ruines ou notre frère dévasté ? Finalement, je rebroussais chemin, revenais vers la ville et mon travail. Tout était impossible.

Et si, vaincu par une espèce d'abêtissement ou, au contraire, gonflé d'espoir, je me rendais, sans trop me rendre compte de la route ni de la peur, jusqu'à Maniwaki, ce n'est pas Julien, mais son docteur, qui venait à ma rencontre dans le grand escalier de la clinique. Il me serrait la main, me souriait et disait :

– Votre frère refuse de vous voir... Vous savez, c'est sans doute mieux comme ça.

Je ne posais pas de questions, je n'allais pas plus loin,

j'étais comme insensible. Je redescendais l'escalier lentement et j'apercevais Julien, dans le parc, le dos contre un tronc d'arbre. Grand Remous, ses crises, le passé, nous trois, sa folie : plus rien ne semblait le déranger maintenant. Je remontais dans ma voiture et revenais en ville, absolument froid, absolument battu.

Une seule fois, il m'a vu, et alors il m'a fait son grand geste, celui qu'il avait quand, du haut de la colline, il nous observait, assis sur la petite plage devant nos cartes et nos livres. Un grand geste d'adieu. Un geste résigné, solennel et tranquille. Était-ce l'adieu de l'homme qui se noie ou de celui qui voit l'autre couler ?

Mon anachorète de frère, tu serais donc au centre de tout ?

Je suis comme un feu de braise dans une nuit froide et venteuse, Charlot. Je sens l'inquiétude préciser sa menace et pourtant je reste tranquille. C'est que je reviens de loin et le diable sait où je m'en vais. Ce qui compte, vois-tu, c'est d'être vivant et de le savoir. Les paroles du monde sont toujours embrouillées, et puis on aime mieux croire son propre regard que d'essayer de déchiffrer les choses. Je ne suis pas le plus fou des fous, Charlot. Parfois, c'est limpide : ce que me dit, par exemple, l'oiseau moqueur perché sur la plus haute branche du cèdre qui donne sur nos chambres. Le frottement de ses rameaux nous réveille, les nuits venteuses, et, vous autres, vous vous mettez à parler pour ne pas céder à la peur, pendant que j'écoute, entends et ne peux pas vous répéter tout ce que me révèlent les miaulements du moqueur. Charlot, les rayons qui commandent aux nerfs de l'oiseau, je les reçois aussi ! L'oiseau dit : « Je ne suis pas doué d'existence à long terme, je suis recréé de jour en jour, de minute en minute, par voie de miracle ! » Voilà ce qu'il me dit le moqueur, et je le crois, Charlot ! Parce que moi aussi je suis recréé de seconde en seconde, comme l'oiseau, et je pousse mes cris à moi pour que le miracle continue, pour que le ciel me laisse vivre... Comment te dire ? Il n'y a rien, ici, chez nous, qui ne soit

*doué de parole. Mais les oiseaux sont les plus bavards,
bien sûr, les plus inspirés, les plus inquiets, peut-être. Au
printemps, les rayons habitent surtout les corps des pin-
sons et des orioles. En hiver, ceux des corneilles et des
geais bleus que je nourris, pour aider un peu le miracle,
en répandant des graines de tournesol sur les bûches. Je
peux, Charlot, sans hésitation, identifier en ces oiseaux
l'âme qui les habite, au timbre de leur voix, aux tour-
nures de leurs phrases, à leur mélodie ou au criaillement
qui leur échappe. Le geai gris, par exemple, avec son
ouîou sifflé qui porte loin, parle sans cesse d'exil. Il est
nostalgique comme Aline et, souvent, je crois entendre la
voix perchée de notre sœur me raconter ses errances, sa
quête qui ne finira jamais. Le tchimp-tchimp explosif du
troglodyte et aussi les battements énervés de sa queue
dressée me rappellent Serge et ses soubresauts d'impa-
tient et, peut-être, est-ce vraiment Serge, l'âme de Serge !
Je veux dire, peut-être Serge et le troglodyte ont-ils la
même âme, sont-ils touchés par les mêmes rayons qui
tourmentent, ont-ils le même désir qui énerve ? Toi, tu es
le tohi à flancs roux qui fouille sans cesse le sol en grat-
tant des deux pieds simultanément, et dont le chant varie
étrangement du drink-iour-tîoui au to-ouî, au tchink-
ouink. Il dit parfois oui et parfois non en même temps,
mais il paraît heureux de ça, toujours, de sa vitalité et de
son incertitude, et sa manie des énigmes ressemble à la
tienne, à n'en pas douter.*

*On ne peut pas toujours, mon frère, éloigner l'ennui,
la douleur, la fatigue, éloigner la mort. Toi, Aline et
aussi Serge, vous voulez participer au rythme général
de la civilisation, combattre, sans vous arrêter, l'air, la
terre, l'eau et le feu, car vous êtes des héros : il faut que
le monde ait un sens, pour vous, que « tout ça aille
quelque part ! ». Vous voulez vous mêler à tout, vous
mêler de tout, pour ne pas être seuls avec le monde.*

*Pour moi, rien de ça ne compte, puisque je suis fou,
puisque j'ai fait ce que j'ai fait! Peut-être ne savez-vous
pas recevoir les rayons? Mais oui vous le savez! Serge,
dans la crique, descendant les courants, confiant, poisson, devenu lui-même rigole dans le ruisseau, frôlant les
roseaux et les roches moussues, sûr, habile, son corps
heureux, fluide, sans peur et sans reproche! Aline, trem-
pant ses pinceaux dans le jaune safran baveux, de l'or
liquéfié, le portant sur le rugueux de l'argile pour faire
ses tournesols, recevant les rayons, les transmettant,
livrant sa peau et son âme aux rayons, exposant ses blessures comme un papillon montre ses taches! Et toi,
Charlot, couché sur le dos, au soleil, sur la petite plage,
corps brun et cœur fondant, soudain ralenti par la pa-
tience des galaxies, petit aveugle ébloui recevant la
lumière rouge du monde tout neuf de ce matin-là, ta
langue roulant dans une salive savoureuse, inventant
déjà les poèmes, ton cerveau soufflant les images! Tu
n'as besoin ni de pellicule, ni d'écran, ni de projecteur,
Charlot! Et si je te dérange – oui, souvent je le fais
exprès! –, c'est pour te voir, tout à coup, pâle et grimaçant, méchant, et alors je sais: même toi, Charlot, un
coup débranché, si les rayons ne te touchent plus, tu
redeviens abandonné, triste, seul et filant vite vers la
mort avec ton intelligence ignorante. Pourtant, je sais
que tu te moques bien de gagner ou de perdre, Charlot!
Je sais que tu vas te fâcher, mentir, parler avec les vieux
mots, et ça ne manque jamais: «Julien, tu m'achales,
cesse de m'espionner!» Et puis, m'ôtant ton regard et la
tête lancée en arrière: «Tu peux pas savoir, toi...» Oh
oui, je peux savoir! Tu es repris par la peur! Si tu savais
comme je te comprends, Charlot!*

*L'ogre Trinité est mort, mon frère! pour la deuxième
fois. Quand je suis ressorti de chez elle, de la cabane, le
premier matin, j'ai tout de suite aperçu son grand corps*

étendu dans la prairie : une ombre gigantesque, un sque-
lette semblable à l'immense tronc d'un chêne frappé par
la foudre. Alors j'ai compris, Charlot. J'ai compris que
c'était moi qui l'avais tué. Mais la mort de l'ogre était
sans gloire : c'était un meurtre, et cependant je n'étais
pas coupable. Simplement découragé d'être monstrueux
pour rien, l'ogre est tombé, vidé de son pouvoir, de sa
magie, comme une statue brisée par le gel, tout comme il
s'était envolé dans l'orage, autrefois. Ce matin-là, je me
suis dressé de toute ma petite hauteur nouvelle et alors
j'ai vu mon ombre, immense et fragile, sur la terre,
balançant avec le vent. L'ogre, c'est moi, maintenant, la
tête dans les nuages et les pieds dans les courants du
barrage, respirant fort tout l'air qui est à moi, heureux
de mon pouvoir neuf de vivre sans terrifier rien ni per-
sonne. Tu comprends ? Il n'y a plus de raisons pour
boire, pour m'abrutir, pour frapper en tâchant d'endor-
mir ma peur ! Plus de raisons d'être fou, si tu veux !
L'ogre est mort, Charlot !

Cahier d'Aline

18 septembre 1966

Trente-septième rêve de Serge

Nous volons tous les trois, Charlot, Aline et moi,
au-dessus de la pinède, en direction du barrage.
Nous savons que nos ailes sont fragiles et que le
soleil qui monte dans le ciel les fera fondre si nous
ne nous hâtons pas. (Sans doute un rappel, ici, de la
légende d'Icare lue par Charlot, hier soir, avant le
dodo.) Nous descendons, moi le premier, sur un
rocher moussu, près des cascades, où repose Julien.
Aline s'approche lentement du corps nu et immobile de Julien. Est-il mort? Est-il endormi? A ses
côtés, un tas de bandelettes déroulées, semblables à
des écorces frisées de bouleau. (Julien aime s'enve-
lopper de ces écorces et jouer au mort, pour nous
faire peur, de temps en temps.) Soudain, Charlot
saisit deux de ces bandelettes-écorces et, en les frot-
tant l'une contre l'autre, il fait surgir une forme,
d'abord en fumée, floue, puis, lentement, ça devient
le visage de maman. Jaillit alors un rire, celui de

Julien qui, se levant d'un bond, vient briser de son poignet devenu masse (la masse de papa, toujours dans la remise) le visage durci qui s'effrite comme de la cendre dans l'herbe. Nu et tremblant, Julien nous dévisage alors, tous les trois, radieux comme un soleil – un des soleils d'Aline – et déclame :

– Je suis le maître de ce secret-là ! Qui veut me suivre, sans poser de questions ?

Et je réponds, tout seul et très fort, pour couvrir le tumulte du barrage :

– Moi, je veux bien.

Aline et Charlot, leurs ailes fondues, leurs visages blancs et grimaçants, me regardent comme si j'étais le plus grand traître du monde. Et puis Aline dit, d'une voix éteinte :

– Nous, nous devons revenir sur la terre, car tous les invités s'en vont !

Comment n'avons-nous pas compris, alors, ce rêve limpide, prophétique ? Julien allait devenir fou et toi, Serge, tu choisirais l'oubli, tellement ta peur était grande. Cependant qu'Aline et moi, nous reviendrions sur la terre, « car tous les invités s'en allaient ! ».

Le vieux divan de la mémoire
(Aline)

Tout a commencé le matin où je suis redescendue de la colline. Les plages de Crète, les berges des rios guatémaltèques, la poussière de nacre des Caraïbes ou le sable roux des criques de la sierra San Pedro, où je me trouve aujourd'hui : aucun lieu du monde n'a pu me faire oublier le croissant doré de l'anse de Grand Remous, notre petite plage dont j'ai foulé le sable, ce matin-là, avec la légèreté d'une revenante sortant de chez les morts.

J'avais passé deux jours et une nuit sur la colline, couchée sur un rocher moussu, au soleil et à la belle étoile, tantôt éveillée, tantôt endormie, mais toujours voyageant dans ma mémoire en croyant rêver. Mes jambes et mes bras tremblaient, mais le froid n'y était pour rien : j'étais traversée par un courant violent, tourmentée par des secousses qui n'avaient rien de tellurique, bien que, plusieurs années plus tard, au Guatemala, mon corps ait cru revivre le même tremblement épouvantable quand, une nuit, la terre s'est ouverte sous le campement où je dormais avec quelques gringos, plus surpris que moi par ce cataclysme « déjà vu ». Dans un grand ébranlement, ma mémoire s'était déchirée.

Je me souvenais de toutes les vies, d'abord les nôtres, puis celles de Georges et de Carmen, et enfin celles de tous les vivants avant nous, dans ce coin de paradis et d'enfer. J'avais beau me répéter (pendant que mon corps, ailleurs, grelottait) que j'inventais, que le délire de Julien m'avait rejointe, que c'était la fièvre et le désemparement qui me donnaient cette ivresse de sorcière : rien à faire, je savais que je me souvenais, que j'étais devenue, sans le vouloir et sans comprendre, commémorante et obsédée, savante de tous les épisodes, aventures, drames et accidents, survenus à Grand Remous.

C'est que j'avais trop écouté. J'avais été une oreille peu ordinaire, « une appreneuse par cœur remarquable, une devineuse divine », disait Serge. On me racontait un pouce et je découvrais le mille toute seule. Et, bien sûr, je ne me trompais pas beaucoup, devançant le conteur, lui racontant la suite de son histoire, ma langue déliée, les mots torrentiels. Comment était-ce possible ? J'avais donc tout vu, tout entendu ? J'avais donc toujours été, là, moi, avec mes yeux grands ouverts et mes oreilles bien débouchées, et cela, avant même d'être au monde, écouteuse dans les limbes de Carmen, notre mère, et même avant, dans le néant originel ? Mémoire historique et préhistorique, phénomène, prodige !

Tout me venait, ou plutôt me revenait, avec la facilité de l'eau de la crique qui descendait la colline, impétueuse, froide et sans conscience, entre les roches plates et lisses. Secouée de spasmes, sur mon rocher, incrédule et pourtant sûre de mon flot de souvenirs, certains proches, d'autres antédiluviens, saoulée par l'odeur des pins et la chanson du vent dans leurs branches, je dévalais le temps, les saisons, m'accrochant au passage aux gens et aux paysages, comme autrefois, toute petite, je me cognais aux badauds que réunissait, derrière l'église, la tombola du village. C'était à la fois trop et pas assez ! Tant qu'à faire, je voulais tout voir, tout entendre, ne rien laisser échapper ! Et pourtant, je sentais bien, chaque fois, que l'essentiel m'échappait, même si ma mémoire travaillait sans se tromper, maniaque, acharnée, revenant sur elle-même, recommençant telle ou telle péripétie, répétant tel ou tel orage du ciel ou de maman en colère, ou encore l'ombre du chien errant, celui qui avait mordu Serge – avait-il la rage ? –, sur le mur du hangar, cette ombre-chimère qui tenait maman éveillée toute la nuit, en proie à une peur apocalyptique et très romanesque, comme toutes ses grandes émotions de dévoreuse d'histoires extravagantes. Cette ombre me poussait, moi, à me lever, à mettre mes bottes de caoutchouc et à descendre arpenter le potager. Il fallait que je sache, que je sois sûre : s'agissait-il bien du chien sauvage, dernier rejeton de la dernière génération des bergers allemands jadis élevés par notre oncle Louis-Paul, exilé avec sa femme, depuis dix-sept ans, cette année-là, à Albany, New York, où il dressait maintenant des loups blancs pour le cirque Vargas qui possédait alors le meilleur dompteur de chiens de toute l'Amérique ? La peur de ce chien, bête sauvage devenue plus dangereuse qu'un loup banni de son clan, le froid dru de la nuit, l'absurdité de mon équipée solitaire au beau milieu du potager grouillant de marmottes et de couleuvres, le souvenir ou l'imagination de scènes atroces – ces combats avec des monstres, lus dans les romans qu'affectionnait Charlot et qu'il me forçait à lire, « pour apprivoiser la terreur » : rien ne m'arrêtait, rien ne m'empêchait de patauger dans la boue du marais, derrière le hangar, jusqu'à ce que le faisceau de ma lampe de poche capte enfin le regard, les deux feux immobiles et menaçants du chien, les crocs luisants dans le rayon tremblant que je promenais sur cette face oblongue et terrifiante qui, soudain, ne m'épouvantait plus. Oui, c'était lui : la bête avait bel et bien cette tache beige sur le poitrail et ces pattes à six griffes que l'oncle Louis-Paul appelait « pattes de lynx ». Et je rentrais soulagée, frissonnante et trempée de rosée jusqu'à la taille, nullement inquiète du chien sauvage qui avait décampé dans la savane après avoir dévisagé, sans broncher, comme s'il s'était agi d'une chose normale, prévisible, l'apparition innocente que j'avais été, la souvenante bottée qui était venue le voir simplement pour savoir et qui pouvait s'en retourner dormir, maintenant, apaisée, tranquille, et qui, au déjeuner, le lendemain, raconterait aux siens, sagement attablés devant leur gruau au sucre d'érable, l'histoire du dernier chien de l'oncle Louis-Paul, les faisant rire et ouvrir grands les yeux et les oreilles, allant jusqu'à décrire le chenil de bergers allemands, autrefois, il y avait plus de quinze ans, au bord de la rivière, les feulements et l'odeur fauve des bêtes effrayées par la nuit, les découragements de papa et la névrose « bergère-allemande » de maman, ne tarissant pas de détails dont je ne pouvais pourtant pas me rappeler !

– Mais cette enfant est un prodige !

Papa, surtout, n'en revenait pas : l'oncle Louis-Paul avait quitté Grand Remous dix-huit mois après ma naissance !

Ce matin-là, je me suis levée de mon « rocher philosophal », comme le nommerait, plus tard, Charlot, les os brûlants, les muscles raides, affamée et la tête absolument vide. Il faisait doux, le soleil pointait entre les pins. C'était enfin le gros de l'été et j'étais délivrée, provisoirement. J'ai marché vers la rivière, caracolant entre deux rangées de nos pommiers redevenus sauvages, dans lesquels balançaient déjà les petites pommes, comme de minuscules cloches muettes. J'en ai décroché et croqué une, assise au vent, sur le sable de notre plage. L'acidité de la pommette me rappelait que j'étais toujours en vie et toujours à Grand Remous. J'ai reconnu les pas légers de Charlot et de Serge, encore frais, sur le luisant de la grève. Ils m'avaient cherchée et maintenant je revenais vers eux, petite Aline amaigrie, fragile, que la mémoire vive avait droguée, vidée de ses nerfs et, surtout, rendue muette. En effet, je ne dirais rien. Silencieuse, affalée sur le vieux divan défoncé de la galerie, je n'avais plus que la force d'étendre la crème antiseptique sur mes piqûres d'insectes et de flatter le chat, qui ne me reconnaissait plus, lui non plus. Comment pouvais-je expliquer? Un sort t'est jeté, un méchant miracle te change, te fait prendre un chemin que tu croyais pour les fous et les sages, pour Julien ou pour Charlot, mais non pas pour toi! Et te voilà docile, épuisée, n'ayant plus rien que le souffle et une absurde confiance : puisque tu n'as pas dit non, puisque tu ne t'es pas dérobée, puisque ton corps a commencé d'obéir, tout ira bien maintenant! Mais par où commencer? Comment ordonner mes fantômes, comment dérouler leurs aventures, comment déclencher à nouveau la fantasque mémoire, sans perdre la boule dans le tourbillon impétueux? Le silence bourdonnait aussi bien en moi qu'autour de moi, tel un essaim de guêpes. Le silence... Et soudain, j'ai pensé : « Voilà, c'est comme ça et ce sera toujours comme ça! Certains jours, je ne parlerai pas : je me souviendrai! Pour mes frères, je méditerai, je ferai la tête de mule, voire même, je bouderai! » Ils n'avaient pas besoin de savoir que je devais me souvenir, que j'étais maintenant grande chroniqueuse, une « rappeleuse » qu'il ne faudrait jamais déranger. « *Do not disturb*, dirait Serge, Mlle Aline a son spleen! » Très bien, j'aurais mon spleen, je ferais la tête, puisqu'il le fallait! Plus tard, je voyagerais, je ferais semblant d'oublier, de me distraire, de faire ma vie. J'aurais la paix. C'est-à-dire que ma mémoire aurait la paix. Ce mutisme était le prix à payer pour que la déesse capricieuse de la réminiscence ne me rende pas folle, à mon tour!

Oh, de temps en temps, je leur en dirais bien un peu ! Je leur raconterais, ma voix éraillée par de trop longs silences, l'histoire de l'incendie du village ou, pressée par leurs nombreuses questions, celle de la tétanisation de Trinité Lauzon, dans sa « grotte » tout en haut de notre grange, histoire que Julien connaissait pourtant bien mieux que moi, puisqu'il l'avait vu, lui, le géant Trinité « sauter dans le ciel » ! Mais je garderais pour moi les annales plus sorcières, celles qui conserveraient leur épouvante, résistant au temps : plus particulièrement les épisodes de leur passé à eux, nos parents, les probables raisons, motifs ou, tout au moins, avant-goûts de leur départ, qui restait la clef de voûte, le cœur, le moteur de cette mémoire-typhon qui m'aspirait sans prévenir, où et quand elle le voulait. Comme, plus tard, la transcription scrupuleuse des rêves de Serge, affouillements inquiétants, peut-être capables, sinon de guérir, du moins d'expliquer notre maladie d'abandon, le recensement des souvenirs, leur organisation, la méticuleuse précision de leur restitution pouvaient m'aider, nous aider à comprendre, à accepter, à survivre. Et puis, au contraire d'un présent de solitude et de misère, d'un avenir impossible à imaginer, le passé, lui, vivait. Il continuait, pour ainsi dire, il était en mouvement, connaissable, il pouvait livrer ses secrets. « *Bullshit !* », hurlait Serge, désignant à la fois mon mutisme de commémorante, les raisonnements compliqués de Charlot, tout comme les délires de Julien. Pourtant, nos manies nous tenaient lieu d'espoir, vaille que vaille, et Dieu sait que l'espoir se faisait rare comme l'or, en ces années-là, dans la maison de Grand Remous que Charlot avait pompeusement baptisée : « Le château des disparus. »

Ce premier matin-là, donc, étendue sur le vieux divan, pendant que Charlot et Serge, m'abandonnant à ma léthargie de revenante – Serge : « Tu vois donc pas qu'elle fait sa Bernadette Soubirous, laissons-la tranquille ! » –, étaient descendus pêcher à la rivière, et que Julien plantait des framboisiers derrière la maison, en fredonnant ses mélodies sans air – Charles : « Tu chantes pas, Julien, tu vrombis comme un taon dans un sac de papier ! » –, j'ai plongé au hasard dans la spirale compliquée de notre généalogie. Ou plutôt non, pas au hasard. Je ne le savais pas encore, mais ma mémoire, « telle la mémoire des poètes ! » (Charlot), était actionnée par mes sensations. Le chaud soleil et les démangeaisons de piqûres de maringouins m'expédièrent tout d'abord dans un très ancien jour de juillet, humide et brûlant, bourdonnant de guêpes et de papillons dont les cadavres secs et colorés ne tarderaient pas à prendre place entre les pages des gros dictionnaires de papa, de Georges Messier, de cet homme qui, vêtu d'un costume sombre et d'une casquette blanche, suait à grosses gouttes au volant d'une Chevrolet bleu ciel, et sifflait *The Yellow Rose of Texas* sur la route de sable grimpant la côte vers cette immense maison grise où, sur notre future galerie, assise bien droite sur notre futur divan aux ressorts déjà fatigués, attendait une grande femme très maigre et très pâle, une épaisse enveloppe bourrée de papiers de notaire et de factures impayées sur les genoux : Léa Létourneau, soixante-quatre ans, veuve et ruinée, épuisée par les funérailles récentes de son mari joueur et coureur de jupons. Calme et digne sous son beau chapeau de paille, en ce jour du 17 juillet 1951, elle attendait, en agitant doucement un éventail devant son visage, Georges Messier, l'homme à la Chevrolet, qui venait pour acheter maison, terre, meubles et bâtiments, avant de prendre un chemin d'exil dont elle ne dirait rien à personne. Le gros petit homme, essoufflé, le costume blanc de poussière est sorti brusquement de l'auto. Triomphant, il a fait claquer la portière et a soulevé cérémonieusement son chapeau, en posant pied sur la première marche de la galerie, qui a craqué sous son poids de nouveau propriétaire comblé.

Léa s'est levée, étrangement imposante, digne et grave. Ils se sont regardés un bon moment, sans bouger ni l'un ni l'autre. Georges avait sans doute un petit peu honte. («Il n'est pas d'un naturel fonceur et l'argent ne l'a pas rendu si fier!», dira maman.) Une cigale a chanté, l'air brûlait, le ciel tremblait comme au-dessus d'un mirage.

– La maison n'est pas hantée, vous savez. Du moins, pas encore. Entrez donc!

Léa a eu un drôle de petite rire – « un rire d'oiseau moqueur », dira papa – avant d'ouvrir la porte moustiquaire qui a couiné un peu et de précéder papa dans le grand salon inondé de soleil. Non, la maison n'était pas hantée du tout: propre, astiquée, reluisante, la grande pièce rayonnait comme un vivoir de presbytère. (Carmen, en riant, dira: «J'ai d'abord pensé que votre père me ramenait au couvent des Ursulines!») Trois grosses fougères pleuraient jusque sur le plancher de bois blond et l'horloge grand-père tictaquait, distillant les dernières minutes du règne de Léa Létourneau dans cette grande maison qui faisait battre le cœur de Georges. Papa avançait sur la pointe des pieds, encore un intrus dans son propre château, derrière une Léa muette, résignée, et qui se dépossédait lentement, noblement, de tous ses trésors qu'elle offrait, un à un, au gros petit homme, en tendant une main tremblante et baguée d'impératrice déchue.

Du moins, c'est comme ça que Georges nous la décrira, choisissant ses mots, précieux, allant jusqu'à imiter, sans crainte du ridicule, les gestes élégants, les intonations royales de Léa Létourneau. Dans la chambre d'hôtel, au village, Carmen l'attendait, trop gênée pour venir assister, avec lui, à la destitution, à « la disgrâce d'une pauvre veuve obligée de fermer maison à cause d'un mari mécréant ».

— Mon Dieu, Georges, tu le sais bien, la pauvre femme, en me voyant, s'effondrerait de honte et de chagrin !

Carmen, en effet, ne doutait pas, ne devait jamais douter de son charme accablant. Sa stature fière, sensuelle et déliée avait déjà fait, à l'en croire, trop de jalouses !

— Une jalousie bien compréhensive, Georges, non ?

(Elle voudra dire « compréhensible », mais Georges, indulgent, comprendra.)

— Je ne veux pas déprimer une veuve déjà bien éprouvée par le sort !

Georges avait commandé de la bière fraîche et, Carmen sur ses genoux, au su et à la vue des voyageurs de commerce qui prenaient le vent sur la véranda de l'hôtel, il ne tarissait pas d'éloges et de grands gestes pour décrire le château de Léa Létourneau, leur nouvelle maison.

— Un grand salon avec huit fenêtres très hautes !

— Avec des rideaux au moins ?

— En dentelle, ma chère ! Et les fauteuils ! Si tu voyais les fauteuils ! En velours ! Et confortables comme des sièges d'auto !

— Ah Georges, toi pis ton auto ! Et les chambres ?

— Six, pour nos six enfants !

— Lesquels ?

— Ceux qu'on va faire, voyons !

— Avec une autre, que t'en feras six, mon cher !

— Carmen, mon amour !

— Et la vue ?

— Ah, ma Carmen, des belles collines, des bouleaux roses, comme tu les aimes, des pins à plus finir et, en bas, la rivière qui serpente comme une bonne...

— Georges, quand est-ce qu'on pourra rentrer chez... chez nous ?

Carmen avait failli dire : chez Léa. Jamais, en effet, elle ne réussira à oublier la veuve, qu'elle n'aura pourtant jamais vue. (« C'est encore pire, je l'imagine, cette pauvre vieille femme éplorée, qu'on a chassée de chez elle, qu'on a dépossédée de ses souvenirs, Seigneur, c'est bien effrayant ! ») Le fantôme de Léa sera le premier à venir hanter les nuits insomniaques de notre mère. Mais il y en aura d'autres, et des plus farfelus. Les livres, commandés et achetés par catalogue chez Grolier, à Montréal, s'entasseront le long des murs de cette fameuse bibliothèque qui n'aura jamais ni étagères ni rayons, et, au fil, des années, enflammeront l'imagination de Carmen. « Ce sont eux, les livres, nous dira papa, qui sont cause des fantaisies de votre mère ! Que voulez-vous, elle est faite comme une artiste (il ne dira jamais : est une artiste), pour vivre de nuit, narguer le monde, pour voyager, pour refaire la vie comme, comme il faudrait qu'elle soit faite ! N'ayez jamais honte de votre mère, les enfants, c'est une rêveuse – pas une folle (oh ! les médisants !) –, peut-être même une clairvoyante, en tout cas une âme sensible, un oiseau rare dans notre grande noirceur... Aimez-la et chérissez-la, comme moi ! » Et nous hocherons la tête, mystérieusement convaincus de la divinité difficile à vivre de notre mère, perpétuellement inquiète et soupirante, souvent amère jusqu'à rendre Georges responsable de sa vie gâchée. (Serge : « On n'épouse pas Scarlett pour l'emmener vivre au fond des bois ! »)

Trois jours plus tard, Carmen et Georges, dans la Chevrolet bleu ciel, remontaient la côte de sable en direction de leur maison, papiers signés, la propriété payée, comme dira Serge, *spot cash*, la remorque derrière l'auto remplie de livres, de boîtes et de vêtements, leurs seules possessions, avec les filets à papillons et le fameux globe terrestre qui s'allume.

Soudain, « l'arrivée des seigneurs au château » (l'expression est de Charlot) s'éclipsa, et je fermai les yeux, ma tête retombant sur le coussin du divan au moment où Carmen éclatait en larmes dans les bras de Georges, sur la galerie dominant la pinède et la rivière, tout en bas, couleur bistre en ce soir du 20 juillet 1951. A partir de là, je ne pouvais qu'inventer, puisque les souvenirs de Georges et de Carmen divergeaient, puisque leurs rappels, leurs récits de cette première nuit différaient. Je pouvais, par exemple, prétendre, comme papa le ferait, que c'est cette première nuit dans la maison, au chant des grenouilles, que fut conçu Charlot, ou encore, comme le voudrait maman, qu'ils avaient l'un et l'autre passé la nuit à écouter hululer le grand duc, les yeux grands ouverts et le cœur battant, dans le lit de Léa la veuve. (« Mon Dieu, votre père et moi, couchés dans son lit, comme des impies, comme des usurpateurs ! »)

Nos parents étaient de formidables allégoristes. Le moindre événement prenait des allures d'énigme et chaque souvenir traînait derrière lui mille questions qui m'ôtaient le sommeil. Tant et si bien que, dès cette première évocation sur le divan, j'ai commencé à vouloir forcer ma mémoire. Déjà, j'allais où je n'avais pas à faire : où étaient-ils, avant nous, avant Grand Remous ? Qui étaient ces orphelins volontaires, nos parents, Georges et Carmen Messier ? Leur passé rattrapait mon présent par la queue et son secret me laissait le même goût amer sous la langue, creusait le même grand trou sous mes pas que celui de leur fuite. Tant qu'à savoir, il me fallait tout savoir !

J'ai voulu écrire à l'oncle Louis-Paul mais, outre que je ne risquais pas d'apprendre grand-chose (l'homme avait toujours été, au dire de papa, un *outsider* de la pire espèce), j'avais peur de le voir débarquer à Grand Remous et nous charger tous les quatre, pauvres orphelins, dans la benne de son camion, pour nous ramener avec lui à Albany, USA. Alors j'ai commencé à fouiller dans les papiers et les livres de la bibliothèque. C'est là que Charlot m'a surprise, un soir, une carte géographique dépliée sous mes coudes et le coffret de papa grand ouvert, débordant de vieilles notes de cours, de factures d'entomologistes, reçus de chez Grolier, pages de catalogues de chez Eaton, photos de robes d'été de toutes les couleurs et de sous-vêtements de dentelle. Mon grand frère s'est alors allongé près de moi, sans mot dire, à plat ventre sur la carte, et m'a dévisagée avec des yeux moitié suppliants moitié inquisiteurs. Toujours en silence, il s'est mis à ouvrir des enveloppes, très délicatement, comme s'il craignait de voir surgir la fumée d'un méchant génie de ces enveloppes qui sentaient le tabac. Il s'est alors mis à lire, à fouiller, les sourcils froncés, le visage tout à coup étrangement calme et lisse. Ainsi naquit notre complicité de fureteurs, notre connivence d'enquêteurs obsédés, comme une sorte d'espoir. Ça devait durer des années. D'abord en secret, dans la bibliothèque, et souvent la nuit. Puis, notre folie grandissante nous faisant perdre toute retenue, au beau milieu du salon, les livres et les cartes éparpillés sur le tapis, au grand découragement de Serge qui nous fustigeait de ses remarques *cool* et de Julien, bien sûr, qui perdait ses « petits enfants perdus dans la forêt », comme il nous appelait tous les trois. Seulement, Charles et moi ne cherchions pas la même chose, ou plutôt, ne cherchions pas dans la même direction. Il voulait savoir, lui, où nos parents avaient bien pu aller, en nous quittant, dans quel pays, vers quelles latitudes et pour aller faire quoi. Moi, je voulais savoir d'où ils venaient, ce qu'ils avaient été avant nous : je voulais connaître le pourquoi de cet exil à Grand Remous. Et puis, jour après jour, nos hantises, qui finalement se ressemblaient, s'assemblèrent : les explorations de l'un et les fouilles de l'autre, le plus souvent insignifiantes et surtout stériles, rapprochèrent beaucoup le frère et la sœur. Nos nuits flambèrent, follement, de ce double espoir frelaté. Nos souvenirs, de ces années-là, se sont à tel point remplis de villes et de dates, de paysages et de parcours, de mots et de phrases et, certains livres aidant, de rêves et de croyances, qu'il n'est pas étonnant que Charles soit devenu un faiseur de films et, moi, une faiseuse de voyages. Notre quête, une fois commencée, ne pourrait plus jamais s'arrêter, c'est-à-dire se satisfaire, pour moi, d'une destination atteinte et, pour Charlot, d'un fantasme déjoué. Lancés à la poursuite de nos parents, nous étions du même coup lancés dans la vie, c'est-à-dire prêts à tout pour connaître, savoir, comprendre. Comme dirait Serge, beaucoup plus tard, devenu américain et léger : *« You would never take no or nowhere for an answer ! »* Oui, prêts à tout, même à sauver Julien malgré lui. Mais ça, c'est une autre histoire, ou plutôt, l'histoire d'une autre quête, d'un autre exil.

Et puis, quand Charlot se faisait trop pressant, quand ses phobies embrouillaient les miennes, je reprenais mon mutisme de souvenante, sur mon divan, mon silence de « carmélite-voyageuse-dans-le-temps » (Charlot). Oui, je rentrais au cloître de ma mémoire où brûlait une petite lampe, semblable à celle qu'on prenait pour chercher Julien dans la pinède, sa flamme vacillant sans cesse entre ici et là-bas, entre hier et aujourd'hui...

Aline, où que tu sois, tu vas m'entendre, toi aussi! Tes soleils jaunes goûtent le safran – oui, je les lèche, des fois, comme des bonbons! –, cette poudre que tu délayes avec ta peinture et que tu m'envoies chercher chez Mme Plourde, au village, les matins où tu te déclares inspirée et où tu prends de grandes respirations de nageuse, sur la galerie, en scrutant l'horizon. Tu es déjà nostalgique, à cette heure-là, mais pas encore coupable. Tu quittes ton lit aux premières lueurs, descends à la cuisine avaler un plat de fraises, sans leur ôter la queue, et un grand bol de café noir en poudre – je crois chaque fois que tu bois de ce vernis dont tu as enduit tes premières sculptures, celles que tu as fini par mettre au feu, les oiseaux taillés dans du beau bois de grève, tant l'odeur est pareille – et, chevauchant tes bottes de caoutchouc, tu dévales en courant l'escalier avec ton vieux sac d'école que tu vas remplir de glaise froide et luisante. Je te laisse gagner les pins, puis je te suis, le cœur battant et les poches de ma chemise bourrées de fraises. L'alouette piaille dans les fougères. La rivière est comme une longue barre d'or entre les branches immobiles. Ça sent le sable mouillé, les crottes de lièvre et la gomme de pin. Le ciel bouge sans cesse, passant du mauve au rose, dessinant des ours et des grappes de fruits, des chevaux et

*des barques au-dessus des feuillages, les gouttes de
rosée deviennent des perles sur le velours des tiges
d'épervières. Je rampe sous les troncs arqués des ormes
qui ont commencé à mourir, cet été-là, à tomber comme
des foudroyés, tués par cette mousse-poison que j'ar-
rache sur leur écorce, me verdissant les ongles de cette
gelée meurtrière. Mon ventre frôle les racines noueuses
des pins, à fleur de sable, et j'imagine des serpents que
mon poids adoucit en les écrasant. Je glisse sur les
aiguilles, je suis l'esturgeon frayant dans les bas-fonds
du chenal. Déjà, toi, tu barbotes dans la boue de la
grève : j'entends le glouf-glouf de tes bottes. Alors je
grimpe sur une butte pour apercevoir le nuage gris,
sous-marin, mouvant, de l'argile autour de ton petit
corps auréolé de lumière dorée, comme celui des saints
et des martyrs dans votre petit catéchisme. («Où est
Dieu? Dieu est partout.» Et je ris comme un fou et
Serge aussi, qui réplique : «Pas dans mes culottes, pas
dans mes culottes!») Je me glisse, m'enroule, en couleuvre, dans un creux entre deux dunes, ne laissant
dépasser que le haut de ma tête. Mes yeux et ma respiration au ras du sable, je t'observe. Je te regarde obéir
sans y penser à ta passion d'aube et d'argile et je sais
(je le sais, pour ainsi dire, à ta place) que tu es heureuse, à genoux dans la boue tiède, tes cheveux au vent,
possédée par le monde, recevant la vie, les rayons, les
réfléchissant, jusqu'à devenir toi-même soleil, rivière,
pâte brillante de glaise. Et alors je connais une joie si
forte que je suis secoué de spasmes dans mon nid de
sable et de fourmis. Je suis ta joie, Aline, je suis cette
glaise juteuse entre tes doigts, sur tes cuisses, ces éclats
pointus de soleil sur tes épaules, ce goût d'algue sur ta
langue, l'eau épaisse comme de l'huile sur ton ventre,
autour de tes hanches, ses courants tiédis par ta fièvre
de farfouilleuse, et aussi la chanson des pins... Même si*

j'ai déjà commencé à vouloir que la terre rapetisse et que vous cessiez de grandir, toi surtout, l'ogre me laisse tranquille, je ne suis pas encore foutu ni pour vous ni pour moi. Il me semble m'approcher de jour en jour plus près de Dieu que les cavaliers des fusées dans vos magazines, sans frousse et sans scaphandre, nu et heureux comme un ver dans son humus au goût d'érable, entre les racines de notre Grand Remous.

Oui, Aline, je t'épie. Je veux absolument te voir, te connaître enfin un petit peu triomphante, sur la grève, te surprendre en train de t'oublier et de perdre raison, en silence, ton corps léché par les vagues innocentes. Plus tard, dans une heure, installée sur la galerie où tu habites en permanence, entre le vieux divan et la table aux soleils, tu redeviendras cette grande fille inquiète au visage mécontent, renfrogné, ce corps raide et obstiné, déserté par la joie de la glaise, luttant avec elle, dans l'ombre, gagnant pouce par pouce son rêve, et le perdant à mesure, pouce par pouce. Je m'assois sur la dernière marche de la galerie, celle encore au soleil, et je te souris, ou plutôt je souris à une Aline que j'essaie de ressusciter, ton corps frais et salé du matin, de tantôt, sur la grève. Tu me jettes, de temps en temps, un regard froid, un regard d'argile durcie, en relevant ta mèche rebelle d'une main gantée de boue jusqu'au coude, une main tourmentée, une main en deuil. Et je baisse les yeux tout de suite, de peur que tu n'aperçoives, dans mes prunelles, ton image qui dure, la plus belle Aline de toutes, sûre et fière, en secret, agenouillée dans la glaise. J'endure tes soupirs et les couinements du tour artisanal (fabriqué par Serge avec le moulin de la machine à coudre de la veuve), et j'attends l'embellie, cette lueur dans ton regard qui me dira que tu veux bien être heureuse, malgré tout. Je respire l'odeur de la menthe froissée par mes orteils, au pied de l'escalier : je patiente. Je *veux que ta passion soit à nouveau visible. J'espère, moi qui ai toujours su l'espoir inutile et, même, je prie, moi qui n'ai jamais cru aux implorations, qui ne compte que sur des miracles où je ne suis pour rien, moi qui ne fais que guetter des signes, qui vous les montre, en perdant le souffle, et ne réussis finalement qu'à vous effrayer davantage. Tes tournesols, à moitié rayonnants, leur cœur noir, mal équarri, gonflé de fausses graines luisantes, ne sont jamais achevés. Tu les flanques contre une colonne de la galerie, empâtés et tordus, et tu montes rejoindre Charles dans la chambre aux livres, ou bien tu t'étends, morte aux bras de plâtre, sur le vieux divan déglingué. Je reste là, à dévisager tes grosses fleurs tristes, abandonnées, à supplier le vent, la lumière, de te reprendre. Et puis je vous entends rire, là-haut, Charlot et toi, de votre faux rire de livres et de cartes. Vous ne trouverez jamais! Alors je reprends le sentier de la pinède. J'ai perdu avec toi, Aline, mais je vais gagner avec la forêt, les champs : mes cages seront pleines de chardonnerets, mes framboisiers auront des dizaines de nouvelles branches, chargées de petites fleurs blanches, en étoiles, mon carré de trèfle sera houleux et blond d'abeilles et je vous rapporterai leur miel, au crépuscule. Et alors, peut-être, en m'apercevant dans le cadre de la porte, entre chien et loup, me prendrez-vous contre vous, me donnerez-vous vos caresses, oublieux de ma folie, heureux, simplement, de me savoir tendre, délivré de mon gros désir.*

Aline, grande joueuse, tu as beau hurler que tu rates tes soleils comme Carmen rate ses gâteaux (Carmen? Qui est-ce donc?), je sais que, ce soir, tu descendras l'escalier, tes cheveux relevés en plumeau d'épousseteuse, tes bras lavés, maintenant, plus pâles que tes jambes dans ton short rouge, joyeuse tout à coup, et que tu me lanceras : « Demain matin, Julien, faudra que t'ailles chez Mme Plourde me chercher de la poudre jaune! » Je pousserai un cri de Sioux et sortirai sur la galerie étreindre tes soleils séchés avec une tendresse de fétichiste, un sentiment de triomphe vaudou!

Il m'arrive souvent, le soir, de promener mes paumes, devenues calleuses, sur les pétales lisses de tes soleils et, soudain, de te voir, grimpant les marches à pic d'une pyramide ou marchant sur le sable blanc d'une plage qui m'attend peut-être, moi aussi, depuis toujours. Et alors, je pleure, tranquillement, à cause de ce que j'ai fait, bien sûr, mais aussi à cause du temps, simplement, qui continue de compter pour toi, au-delà de tout, et qui n'a jamais compté pour moi, jamais passé, qui ne passe toujours pas : tu es, chaque matin, quand je fais ma ronde sur notre terre, agenouillée dans la glaise au bord de la rivière, ruisselante de joie dorée et, chaque soir, au coucher du soleil, tu es assise par terre, là-haut, le dos contre le mur de livres, la tête entre les mains, et tes soupirs activent toujours les mêmes aiguilles dans ma poitrine.

Eh oui, mes frères, Aline est sur la route *(always « on the road ! »)*, vous vous en doutiez bien, non ?

Notre Jeep longe le golfe de Californie, autrefois la mer de Cortés, ou mer Vermeille. Nous rencontrons partout des débris laissés par les rêveurs impénitents : missions en ruine, murs de brique crue rongés par le vent, pistes qui ne mènent nulle part, ossements blanchis, mines abandonnées, machines brisées. Autrefois conquistadors, prêtres, aventuriers, boucaniers, pêcheurs de perles et, aujourd'hui, hippies, comme Donald et moi, bien que Donald soit vaguement photographe pour *Time Life*. La Basse-Californie, voilà où je suis, mes frères, par le temps qui court. La nuit dernière, nous avons dormi parmi les cactus cardères du col d'El Portuzuelo, au sud de la laguna Chapala. Certaines des régions les plus sauvages de la terre sont restées vides parce qu'inaccessibles. C'est toujours dans un de ces bouts du monde que je me retrouve : les solitudes désolées, les déserts, les extrémités fossilisées de l'univers. (Il me reste encore à voir le mont Sinaï, le désert de Gobi et, peut-être, la Patagonie.)

Donald est un bon compagnon, un petit peu un amoureux, et surtout un grand photographe. Et puis il est savant et drôle et répond à toutes mes questions, même les plus folles : je m'instruis, j'ouvre grands mes yeux et mes oreilles. Vous voyez, je continue de fuir, de me faire des souvenirs, je fais de mon mieux. Nous cheminons aujourd'hui dans des mirages séparés par des promontoires rocheux et des criques solitaires. On atteint les plages en suivant des pistes à peu près invisibles à travers les buissons d'épineux. Le lit ensablé de l'Arroyo Grande nous attend, rose et ocre, au fond de la vallée. Nous y serons dans une heure. Donald me sourit, attrape de temps en temps mon bras de sa main rousse, parfois brûlante, et je lui souris à mon tour. Donald Jones (je l'appelle Indiana, et ça le fait rire) est un grand gars blond-roux du Montana, trente et un ans, toutes ses dents, pas tellement beau (il dit : « Le resplendissant cow-boy du Montana, sur les affiches de Marlboro, c'est mon frère, hélas !, mais tu m'aimeras bien tout de même un peu ? »), mais curieux et intelligent. A chaque oasis, après l'amour et la bouffe, il me fiche la paix. Alors je reprends mon cahier et je continue l'histoire, la mienne, la nôtre : oui, je suis redevenue Aline-Schéhérazade, celle du vieux divan, travailleuse forcée des souvenirs, de la genèse de nos commencements.

Je ne sais pas pourquoi j'ai commencé à écrire dans ce cahier à couverture rouge (tu dirais, Charles : « Ta couleur ! »), cadeau de Donald. Pour imiter mon ami peut-être, qui, chaque soir, consigne ses observations, noms d'oiseaux, de coquillages, variétés de cactus : le pitaya, l'agria ou « bitter », le palmier bleu, etc. Du moins, je croyais faire comme lui, je le voulais et, les premiers soirs, à la lueur du feu, je notai, moi aussi, ce que j'avais aperçu en route : le serpent-coureur rouge avalant un lézard à taches sombres, les sables charriés par le courant dans le canyon de la laguna Salada, ses granites mouchetés, incrustés d'algues qui forment des mosaïques aux couleurs vives et, même, je dessinai grossièrement la vasque de la Vierge, aperçue à Guadalupe, l'après-midi. Mais, après trois pages, donc trois soirs, de ces gribouillages du gringo-reporter, d'autres mots sont venus, les premières phrases, Grand Remous, le petit croissant doré de notre plage, près du barrage, la réalité très vive, soudaine, de ce premier appel de la mémoire, et c'est reparti : « Tout a commencé le matin où je suis redescendue de la colline... » Depuis, je ne peux plus m'arrêter. Indiana dit que j'ai l'œil pétillant et le front lisse et luisant – il dit : *« You are beaming ! »* – quand j'ouvre le cahier. (Oh, nos cahiers, mes frères, avec leurs couvertures innocentes, petit pêcheur, chien colley, incendie rouge de *Gone with the wind*, nos cartes, nos notes, les lettres de papa, les rêves de Serge, tant de mots, de pistes, de traces, cette nourriture pour une mémoire brulée !) Et quand je m'arrête, essoufflée, à moitié délivrée seulement, encore enfiévrée, Donald me regarde en hochant la tête, content de me voir revenir au monde – il dit : *« Happy to see you surfacing ! »* – comme si je sortais d'une grosse vague dangereuse, semblable à cette gigantesque lame, à Pié de la Cuesta, dans laquelle j'ai bien failli disparaître, l'hiver dernier, roulée par les courants sous-marins, mes bras éraflés par les coraux et les strombes brisés des hauts-fonds. (Donald n'était pas encore avec moi, j'étais seule alors à vivre cet hiver caraïbe de sorcière Yaqui, de champignons philosophaux et magie maya.)

Oui, j'ai vécu, comme tant de mes compagnes et compagnons de route, tour à tour religieuse et incroyante, épicurienne et ascétique, amoureuse et seule, en ermite, en « groupie », toujours curieuse et jamais capable de m'ancrer où que ce soit. Je continuais d'errer. Que pouvais-je faire d'autre ? La vie est décidément une histoire de fous, alors ici ou ailleurs ? « Essayer de se raccrocher à l'espoir, à Dieu ou à l'enfer, disais-tu, Serge, c'est un peu comme vouloir retenir sa respiration : si on force un peu trop, on peut finir par s'asphyxier. » Et tu avais raison ! Je ne voulais plus rien. Je ne les cherchais plus, eux, depuis longtemps. Je ne cherchais plus rien. C'est à peine si, de temps en temps, je pensais à vous. Simplement, parfois je revoyais des poses figées, absurdes. Charlot se tenant le front, ou bien marchant, comme un moine égaré, sur la grève. Serge, branlant la tête ou riant trop fort, sans son. Ou encore Julien, ouvrant grands les yeux dans la lumière pâle du crépuscule, debout, se tenant trop droit dans le cadre de porte, une mèche sur le front. Et j'entendais des bouts de phrases, comme nous reviennent certaines répliques frappantes d'un vieux film, les « répliques-reliques », comme disait Charles ! « Des comme moi, il en faut, des mouches à feu au cœur de l'hiver » (Julien), « Oh, oh, cette fois, c'est le commencement de la fin ! » (Serge), ou bien « Va falloir faire quelque chose, on peut plus le garder ici ! » (Charlot, encore). Parfois je revoyais la plage, la rivière, les collines, la maison et, sur la galerie délabrée, le vieux divan, mais comme en rêve, ou plutôt à vol d'oiseau : c'était si loin, si petit ! Ma mémoire était en éclipse. Comme le vent du large, ici, pousse petit à petit les dunes dans l'arrière-pays, le grand souffle plein de murmures de l'errance avait fait refluer les souvenirs, fait taire les voix, brouillé les images. J'étais, jusqu'à la mesa de San Carlos, il y a dix jours, jusqu'au cahier rouge, jusqu'aux premiers mots – « Tout a commencé quand je suis redescendue de la colline » –, ce que Donald appelle si joliment une « *accidental tourist* », une fausse amnésique marmoréenne sous les tropiques, une conteuse qui se croyait tarie. Et maintenant, quand je revois Grand Remous, la maison, la galerie, le divan, et vous trois, je ne sais pas pourquoi, le rêve est si proche, je suis dedans, je suis là-bas, moi aussi, et j'ai peur ! J'ai besoin de

Donald, de sa main rousse et chaude sur mon épaule, de ses mots d'encouragement, parfois très comiques, toujours très tendres. *« You are such a beautiful south-californian-grand-remousian! Don't be afraid! »* Et alors je continue, un peu rassurée mais toujours tremblante.

Un soir de novembre – il pleuvait, le toit coulait et Serge essayait de colmater les brèches, dans le plafond de la chambre aux livres, avec de l'étoupe de lin –, nous avons découvert, Charlot et moi, entre les pages d'une encyclopédie entomologique, le billet de sweepstake irlandais. Daté du 17 juin 1951, il expliquait la folie de l'achat de la maison, les vacances qui s'éternisaient de Georges devenu gentleman-farmer, la « garde-robe Grace de Monaco de Carmen » (Charlot) et surtout leur fuite. Et puis ces fameux vingt-six mille dollars à la Caisse populaire de Grand Remous ! (« Pour les études des petits et pour leur avenir », aurait dit Georges, au gérant de la Caisse !) J'ai poussé un cri, Serge est tombé de son escabeau et Charlot est devenu blême comme un drap. Nous nous sommes regardés longtemps, comme trois chats méchants, sans rien dire, palpant tour à tour, de nos doigts incrédules, le billet cartonné rouge et vert où figurait, en caractères repoussés, étoilé de rayons dorés, le chiffre fabuleux de deux cent mille dollars. Je me suis vite allongée sur le plancher mouillé de la chambre : la tête me tournait, le tambourinement de la pluie était devenu un appel, le tam-tam d'un sorcier conviant tous les fantômes du village à un grand rassemblement macabre. J'étais comme en transe, mes paupières s'ouvraient et se fermaient toutes seules, j'avais l'impression d'avaler du gros sel et ma respiration enflait au point de me faire mal aux côtes. Serge s'est alors penché sur moi et m'a demandé, d'une voix méconnaissable, si je n'allais pas être malade. J'ai répondu, avec ma voix de chouette, étrangement inchangée, que je désirais rester là, seule, couchée sur le plancher. Mes frères sont sortis. J'ai entendu leurs pas dans l'autre monde, c'est-à-dire dans l'escalier qui descendait à la cuisine. La violente mémoire m'avait prise, là, sur le plancher froid et humide de la bibliothèque (pas le temps de me rendre sur le divan!). Désormais, elle allait frapper où et quand elle voudrait, je le savais. Une fois seule, je réussis péniblement à m'asseoir et, le dos contre le mur de livres, je me suis mollement laissée descendre dans le tunnel en spirales du temps.

J'ai d'abord aperçu Carmen, dans sa robe du soir, celle avec des cerises imprimées sur la soie « rose Kennedy », debout contre une grosse colonne ouvragée. Elle rageait, frappait la colonne, de ses deux bras qui brillaient dans l'éclat d'une lumière de fête. Soudain, Georges est apparu derrière elle, vêtu d'un smoking semblable à celui qu'il portait si fièrement – et là, j'ai ouvert les yeux une seconde, pour vérifier – sur la photo épinglée au mur, devant moi. Mais papa n'avait pas du tout l'air fier, le col ouvert, les mains enfouies dans les poches de son beau costume, ses épais sourcils froncés, un cigare mâchouillé entre les lèvres. Il avait le même visage que ce fameux soir où, après avoir cherché Julien tout l'après-midi dans la pinède, il était revenu bredouille à la maison. (La première fugue de Julien.) Derrière Carmen et Georges, maintenant assis sur une grosse dalle de pierre éclaboussée par cette lumière de théâtre, je distinguais des silhouettes, des gens en tenue de soirée, parlant, gesticulant, riant très fort, trop fort. Oh oui, je me souvenais, j'allais me souvenir de tous les détails, impitoyablement! Carmen tenait Georges par les épaules et le secouait vigoureusement.

– Arrête de pleurer, pour l'amour du Christ !

– Lâche-moi, Carmen, tu me fais mal ! Et ne sacre pas, je t'en prie !

– Serais-tu un lâche, Georges ?

Elle était en colère et Georges était déchiré. Ils ne bougeaient plus, maintenant, leurs deux têtes rapprochées, leurs épaules se frôlant dans une espèce de bercement triste. Ils étaient si beaux, si seuls, si dramatiques, tous les deux, pendant qu'allaient et venaient, loin derrière, les figurants d'une fête somptueuse dont ils avaient été bannis.

Le scandale venait d'éclater, leur liaison – la mésalliance : « Un si éminent, si brillant professeur, amouraché de son élève, une fille des faubourgs, une folle, une intrigante ! » –, leur amour. Ils avaient voulu, ce soir-là, braver le monde, l'intelligentsia universitaire (« des défroqués, des envieux, de faux justiciers ! », dirait Carmen, plus tard). Ils s'étaient crus trop forts, apparaissant au bras l'un de l'autre à la remise des diplômes, souverains, légers – maman dirait : « Rosemary et Gatsby. » Et puis, au beau milieu du banquet, la brise du soir de mai ayant soufflé les bougies sur la terrasse, on avait rallumé les lumières et alors tous les regards s'étaient tournés vers eux, le professeur et l'étudiante, gais, riant dans le cou l'un de l'autre. Silence d'église autour de la grande table. Et puis, monseigneur le recteur avait lancé, de sa voix de jubé : « Pas de ça ici, Georges ! Et d'ailleurs, ne comptez pas revenir à la faculté en septembre ! » Et il avait ajouté, le saint recteur, sur le souffle, en dévisageant l'assemblée : « Pauvre homme ! » Comme si la femme, elle, Carmen, n'était pas pauvre, chassée elle aussi, pâle et grimaçante au bout de la longue table trop éclairée. Les autres n'avaient rien dit, « les défroqués, les envieux, les faux justiciers ». Carmen et Georges étaient seuls, maintenant, ensemble dans le péché, dans la honte et l'injustice. Ils partiraient, quitteraient cette « université de cornichons bien pensants, ignorants et jaloux » (Carmen), cette ville étriquée, arriérée, abandonneraient leurs projets, leurs illusions et s'en iraient vivre dans le jardin d'Éden, quelque part à la campagne. Ils ne savaient pas où encore, bien sûr, mais ils trouveraient, ils seraient heureux, coûte que coûte !

(« Ah, fallait-il que je l'aime, votre mère, mes chéris ! » « Mais je le voulais, je le voulais ! Georges Messier allait me rendre heureuse, il le devait ! ») Georges, ex-docteur en biologie, Carmen, ex-aspirante journaliste, leurs carrières brisées, leur amour outragé, titubent sur le chemin de gravier, vers la Chevrolet bleu ciel du professeur dans laquelle ils vont monter sans mot dire, toujours enlacés, frissonnants dans le noir soir de mai. La portière claque, Georges sanglote et répète inlassablement :

– Mais avec quel argent, Carmen, avec quel argent, pour l'amour, avec quel argent ?

– Georges, tu es un mou !

La Chevrolet a descendu la montagne, dans la nuit constellée des innombrables lumières de Montréal, la métropole, la cité d'or engloutie. J'ai ouvert les yeux, dans la chambre, sur la photo de Georges en smoking : mon père, souriant, maître du monde, heureux, vainqueur, toujours innocent. Je comprenais maintenant, bien sûr. Ça se mettait en place. « Avec quel argent ? », demandait Georges. La chance, le billet gagnant, le miracle avait suivi de peu le scandale et la déchéance. La date sur le carton – 17 juin 1951 – parlait toute seule : un mois, exactement, entre la fatidique fête de la remise des diplômes à l'université, et les deux cent mille dollars. Et puis un autre mois encore, jour pour jour, avant l'achat de la maison, le vieux château de Léa Létourneau, à Grand Remous.

Les jours suivants, pendant que Serge était occupé à faire et refaire des calculs – « Je serai le trésorier, il en faut bien un, non ? » –, nous avons, Charlot et moi, épluché les brochures et albums-souvenirs des années universitaires de Georges. En fait, nous cherchions des signes, une trace de leur amour, de cette liaison coupable qui leur avait valu le bannissement et l'exil. Comptes rendus de congrès, de concours divers, de banquets, photographies embrouillées où trônait, invariablement, gras et pompeux, quelque évêque ou monseigneur en grand apparat, dans un fauteuil rembourré. Septembre 1941, au congrès du lac Poulin, de gauche à droite : Jean-Paul Bonin, Maurice Veilleux, Mgr Émilien Frenette, Adélard Quérion, Georges Messier. Papa, petit et renfrogné sur sa chaise, seul, nous en étions sûrs, toujours vieux garçon, n'affichant pas encore son sourire à belles dents, le sourire confiant de l'homme qui a enfin rencontré la femme de sa vie. Réunion annuelle de Rivière-aux-rats, été 1948, de gauche à droite : Louis-Auguste Giroux, Lionel Dupras, Mgr Paul-Émile Léger, Clément Fortin, Georges Messier. Toujours en bout de rangée, Georges, cette fois avait l'air plus dégagé, une main dans sa poche, en costume clair, grimaçant un commencement de sourire, peut-être révélateur. Charlot, brandissant la photo sous mon nez, répétait : « Là, là, tu vois bien, Carmen est arrivée, regarde le changement, Aline, regarde ! » Et je regardais, en effet, le visage différent de papa, épanoui, mais d'un côté seulement, les lèvres en coin, les lunettes sombres encerclant un œil gauche sage et un œil droit ahuri, « son regard de savant clown », comme disait Serge. Et puis, enfin, la table d'honneur du banquet de clôture de l'université, mai 1951, de gauche à droite : M. et Mme Maurice Marquis, M. et Mme Germain Saint-Laurent, Mgr Aristide Saint-Pierre, Paul-Émile Beaudoin, Mme Cécile Vinet et, enfin, M. Georges Messier. Radieux, légèrement éméché, nonchalamment appuyé sur le dossier de sa chaise, la bouche grande ouverte (Charles : « On pourrait compter toutes ses dents ! »), le col de son smoking ouvert (moi : « On pourrait compter tous ses poils ! »), les cheveux ébouriffés, ses lunettes sur le bout du nez. Pour sûr, Carmen était sur cette photo sans y être. Charlot crut même apercevoir le bout emplumé de son bibi couleur chocolat, à gauche sur la photo, tout en bas. Dernière photo, dernier album, dernier dîner de clôture pour Georges. Charlot était bouleversé. Nous évoquions sans nous lasser la fin du banquet, le scandale, la désolation, la rancœur de Carmen et la peine de Georges, les cris de notre mère et les larmes de papa, dans la Chevrolet bleu ciel. Tu as pleuré, ce soir-là, mon grand frère, sans mettre ta main devant tes yeux, comme tu le faisais toujours, quand on te surprenait à laisser couler des pleurs dont, toi seul, tu disais connaître la cause. Tu répétais : « Ils sont où, maintenant ? Ils s'aiment comment, maintenant ? » Tu voulais savoir la suite, voir plus loin, en avant, et ne découvrais rien, bien sûr. Tout comme moi, qui cherchais à rebours. Pour rejoindre une vérité, que nous ne connaîtrions jamais, il fallait descendre le courant sinueux des années, perpétuellement tracassés par de possibles mensonges, des scènes qui se réduisaient souvent à des détours, des intermèdes, quand elles n'étaient pas des coups de théâtre de roman. (Ah, tous ces livres qui me changeaient la mémoire !) Et pas une seule lettre d'elle à lui, de lui à elle, pas un seul billet commençant par « mon amour, ma chérie, mon trésor adoré », pas un seul mot d'amour de leur main ! Il me fallait donc réapprendre à écouter pour saisir le non-dit ? Comme si je n'avais pas toujours été cette trop habile capteuse de sous-entendus, d'annonces, de promesses et d'aveux à demi prononcés... Mais rien ne me servirait à rien tant que je ne saurais pas tout, sur nous, sur Grand Remous et sur Julien, surtout, jusqu'à la déchirure !

Oh! cette musique, mes frères, cette musique!

Vous vous souvenez du banjo de Georges? Il en jouait comme un cajun du quartier chaud de La Nouvelle-Orléans. Sa musique était à son image, ou plutôt à l'image de son âme : à la fois nègre et blanche, gaie et nostalgique, elle montait, insouciante, allègre, dans le ciel de Grand Remous, ou bien traînait, râclait le fond, devenait une plainte d'errant, de rôdeur désespéré qui nous ôtait le sommeil. Papa prétendait avoir appris tout seul à jouer de cet instrument d'exilé. Mais je l'ai bel et bien suivi, un soir dans une baraque du réservoir de Baskatong où il allait jouer les survenants, boire de la bière d'alambic et faire une partie de black-jack avec les vieux gardiens du barrage. («Ces hommes-là me rendent triste et heureux», dira-t-il, une fois, à Carmen qui l'aura attendu jusqu'aux petites heures du matin.) Le plus vieux de ces gardiens-buveux-conteurs jouait admirablement du banjo, et Georges, fasciné, essayait d'apprendre. C'est pour le banjo, pour *Oh! Suzanna, don't you cry for me* et *Run softly, blue river*, ses airs mélancoliques préférés, que Georges quittait la maison un coup la lune levée, montait dans la Chevrolet, débloquait le frein à bras pour laisser la voiture descendre sans bruit la côte, démarrait le moteur dans le tournant et roulait jusqu'au barrage, inquiet et content comme un amoureux. Il apprit très vite et, à la fin de l'été, un soir du mois d'août, il nous rassembla autour d'un feu de bois préparé par Serge – « Un vrai bûcher, ma parole. Pour immoler qui ?! » (Charlot) – et dégaina un banjo rutilant d'une caisse de cuir en forme de point d'exclamation qui avait mystifié toute la maisonnée depuis le matin où un long monsieur, habillé en croque-mort, était venu livrer la caisse au volant d'un camion affichant, sur ses flancs, en lettres gothiques : « Do-mi-sol Mont-Laurier ». Les grillons grésillaient dans le champ de trèfles, les feux follets grimpaient, comme des étoiles filant à l'envers, dans les frondaisons du chêne au-dessus de nous et, assis en Indiens autour des flammes, nous attendions. Carmen, son châle espagnol sur les épaules, une fleur de zinnia dans les cheveux, pâle et grimaçante, regardait le feu comme si Georges, visiblement dérangé depuis plusieurs semaines, allait enfin, ce soir-là, nous convaincre de sauter avec lui dans ce brasier de sauvages. Cérémonieusement, papa fit sonner trois accords qui nous surprirent et nous rassurèrent à la fois : il avait pincé les cordes comme un artiste, avec une telle aisance, une telle simplicité, le menton en l'air, son regard de magicien braqué sur le feu qui l'éclairait comme au théâtre. Suivirent les premiers mots de *Oh! Suzanna*, chantés d'une voix sourde, écorchée – « une voix de nègre empaillé » (Serge) –, accompagnés de sonnants accords bien rythmés. Nous n'en revenions pas ! On aurait dit que les doigts de papa marchaient tout seuls, trouvaient les notes comme par enchantement, grimpaient et redescendaient les cordes sans laisser la moindre trace d'effort sur son visage rayonnant. La Louisiane, l'Alabama, les Caroline, des faces d'ouvriers noirs à la fois tristes et radieux, grimpés sur des charrettes remplies de coton neigeux : tout l'exotisme du vieux Sud de maman, jusque-là lointain et abstrait, malgré les tentatives de Carmen, ses lectures à haute voix de *Gone with the wind* et des nouvelles de Flannery O'Connor, nous entrait enfin dans le cœur et nous tirait les larmes. Même Serge a pleuré, cette nuit-là. Sur fond de grillons, à la lueur des braises, Georges a joué jusqu'à ce que la lune pâlisse au milieu du ciel. Il n'en finissait pas de tirer du banjo complaintes, romances et rengaines, airs à giguer comme on doit giguer dans le Sud, nonchalamment, en balançant les hanches, la tête dans les étoiles, changeant de rythme facilement, reprenant souvent *Oh! Suzanna*, à la demande de Carmen qui avait déroulé ses cheveux et qui, debout dans l'éclat du feu, enveloppée dans son châle, se trémoussait et poussait des cris effrayants. («Scarlett O'Hara, à qui on enlève son Tara natal», dira Charles.) Même Julien participait au concert, piaillant et se balançant sous la moustiquaire de son berceau qui tanguait comme un petit bateau des îles. Nous ne pouvions pas savoir, alors, que Julien, dans ses langes, commençait déjà à ressembler à la musique de Georges, à son banjo, qu'il héritait de cette exaltation de notre père, d'abord secrète, clandestine, puis triomphante, émouvante jusqu'au vertige. Ce goût du mystère et de la poudre aux yeux, c'est de Georges et de son banjo qu'il le tiendra, Julien, de son mutisme effrayant, puis de ses dégels fracassants, de ses exclamations sibyllines suivies de longs silences à entendre planer les mouches au-dessus des collines. Peut-être aussi héritait-il de ce besoin paternel de masquer l'origine, d'apparaître, comme dirait Charlot, plus tard, «éternel et non coupable», éblouissant, virtuose, jouant superbement de son âme, comme d'un instrument sorti mystérieusement de son étui. Tandis que nous, auditeurs charmés, troublés ou terrorisés, gardant pour nous notre trouble et nos questions et travestissant d'un sourire attendri nos craintes de voir le prodige se changer en drame, en tragédie, étions du côté de Carmen : facilement chamboulés mais « vite sur nos patins », comme disait Serge, rapides à faire face à la magie ou à la frousse, apparemment émerveillés, l'air de rien, mais cultivant le sarcasme et la dérision, refoulant très loin, on ne sait où, les effets de choc, l'épouvante ressentie à voir la réalité céder sa place à l'envoûtement, nous préparant des rêves tourmentés et, peut-être aussi, sans le savoir, un avenir de creuseurs de trous ou de sondeurs de ciel, de fuyards, d'enquêteurs, de coureurs de mirages.

Oh, mes frères, les émotions ne vieillissent pas ! Désormais, c'est comme si tout avait lieu en même temps, pour moi. Je suis assise en Indienne, à côté de Donald, ici à Punta Concepcion, devant un feu de grève, à écouter un *freak* jouer de la guitare, et je suis là-bas, à Grand Remous, avec vous, ma tête penchée sur les vôtres, prise au piège de la même musique, mes pieds battant le même rythme dans le sable, la même surprise de vivre remuant entre mes côtes, la même griffe inconnue m'égratignant le cœur et les mêmes frissons courant sur ma peau, à cause du banjo de Georges, des cheveux bouclés noirs du joueur de guitare, du ciel palpitant d'étoiles toutes proches, de vos bras autour de mes épaules, de la main de Donald sur ma cuisse, des lueurs dansantes sur le visage terrible de Carmen, sur les épaules rousses de Donald, et c'est tout à coup la même urgence de savoir et de commencer à vivre, enfin !

> *Oh ! Suzanna*
> *don't you cry for me*
> *I'm going to Alabama*
> *My banjo on my knees...*

Bahia las Animas. Nous sommes assis à l'ombre d'un bois de fer *(iron wood)* et observons la mer à la jumelle. Donald espère apercevoir une bande de rorquals.

Sur le rocher, tout près, un cormoran en costume noir, en smoking, comme Georges sur la photo du dernier banquet, sèche ses ailes au soleil. Je pleure et je parle, je parle sans pouvoir m'arrêter. Je dis à Donald : « Oui, j'ai vu, de mes yeux, les anses rocheuses qui échancrent les côtes et les baies. J'ai nagé dans les eaux vertes des mers chaudes, sillonné, de mes longues et bonnes jambes de marcheuse, les crêtes enneigées des montagnes sacrées. J'ai cueilli et fait doucement rouler, au creux de mes mains, les œufs de sternes arctiques, ou ceux, d'un bleu tendre et lumineux, des guillemots et des pétrels. J'ai pris des trains de bois, bringuebalant le long des ravins qui m'ont coupé le souffle, des bateaux balancés par la houle, les écumes de beaux océans menaçants, et qui m'ont déposée sur des plages où m'ont accueillie des hommes et des femmes à la peau brûlée par le vent et le soleil, qui m'ont appris enfin à rire et à pleurer avec soulagement, à vivre l'éternité dans l'éphémère, à posséder un vrai corps – des yeux, une bouche, des pieds, un ventre –, à ne plus compter sur le retour inimaginable des dieux, de Georges et de Carmen Messier, disparus avant moi dans le rêve de la terre. » Et je répète : « A quoi bon tout ça, à quoi bon ? » C'est le blues de la voyageuse immobile, sa destination n'étant plus maintenant qu'un rêve oublié. Et je pense à Julien, je vois Julien, je crois l'entendre aussi ! Il me semble clair, aujourd'hui, que sans lui, sans cet enfant qui existait tout seul, si différent de nous, sans sa folie, son innocence et, surtout, sans sa générosité involontaire, sa générosité de victime, c'est nous qui serions devenus fous, tous les trois, mais d'une folie beaucoup plus redoutable que la sienne, nous détruisant à force de souffrance et de soupçons, nous déchirant à grands coups de révolte et de colère, suffocants, comme nous voyait Serge, dans ses rêves-exorcismes. Julien était notre malheur incarné, réclamant notre attention, notre tendresse, sollicitant notre méfiance, nous tenant en éveil, aux aguets, piquant sans cesse notre curiosité, nous donnant un semblant de courage, faisant de nous des pères et une mère, bien maladroits (« Des parents remplaçants, que voulez-vous, c'est pas fameux, mais c'est mieux que rien, non ? », disait Charlot), nous permettant de sortir, Charles et moi, de nos fouilles stériles, et Serge de son indifférence inquiétante : bref, nous apprivoisant, alors que nous pensions l'apprivoiser. Les petits animaux sauvages, les butors, les nigauds, les bêtes, c'étaient nous trois, avec nos ruses de tortionnaires, notre ironie de petits sadiques qui s'ignoraient, notre mal secret, nos blessures mal pansées, avec notre martyre sans gloire et sans cœur, sans amour... Oh ! mon Dieu, qu'est-ce qui m'arrive ?

– Indiana, j'ai peur !

Donald met sa grande main brûlante sur ma nuque et me parle doucement de mes larmes, de cette source enfin rejaillie – je n'avais pas pleuré depuis la clinique ! – grâce à ma mémoire tant haïe. Je ne sais plus rien, mes frères, je suis si triste et vous êtes si loin ! Grand Remous est au bout du monde, à peine un signe, presque incompréhensible, comme ce sillage frisé là-bas, au large, Indiana, tu le vois ?

– Un rorqual !

Il prend son appareil, passionné, vivant, aux aguets. Et moi, émue, dopée par sa chaleur, son emballement, je reprends mon fil d'Ariane, cette fois à pleines mains : je ne remonte pas, je tire maintenant sur le fil, de toute ma force. Comme s'il fallait, aujourd'hui, tout de suite, que je trouve, au plus épais de l'écheveau, la ligne claire qui traverse Grand Remous.

Flèche d'argent fendant l'eau calme : ce matin-là, Serge traversait la rivière. Nous le suivions dans la chaloupe, Georges tenant les rames, Charlot et moi sur le banc arrière et Carmen, en proue, assise sur la pince avant, qui criait :

– Oui, oui, mon amour, oui ! Souffle bien, ne t'énerve pas ! Oui, c'est beau, mon amour !

Notre mère avait relevé sa robe et offrait sa bedaine au soleil, son ventre où tu étais déjà, Julien. Je pensais : « Elle va le tuer, à se pencher comme ça. Elle va l'écraser contre le bord de la chaloupe ! » Georges suait à grosses gouttes en tirant sur les rames. On voyait gonfler une veine dodue dans son cou. Charlot n'osait pas me regarder, mais je savais qu'il pensait : « Non, mais quelle famille de fous ! » On entendait respirer Serge dans l'eau et le soleil nous tapait sur la tête. Nous ne portions jamais de chapeaux. Carmen prétendait que nos cheveux, que nous ne lavions jamais, nous protégeaient des ardents rayons. Et puis, ça nous faisait des mèches plus pâles, presque blondes, de belles têtes d'Irlandais, petits Ashley de son fameux *Gone with the wind*. « Ashley, tellement plus beau et plus courageux que toi, Georges ! » Je sentais ma cervelle s'embrouiller et la colère grimper en moi, rouge, bouillante, sous mon crâne. Sans pouvoir me retenir plus longtemps, j'ai lancé à Charlot, entre mes dents :

— Mais elle va nous le tuer, cet enfant-là !

Carmen a tourné la tête vers moi, radieuse d'excitation et de fureur, retenant ses cheveux d'une main de tragédienne au bord de la transe :

— C'est peut-être ce qui pourrait arriver de mieux, ma petite fille ! Il bouge comme un serpent ! J'en ai peur, de cet enfant-là, si vous voulez le savoir ! Et pis j'en ai assez de mal dormir et de l'attendre ! Et pis...

— Et pis, c'est assez !!

C'était la grosse voix de Georges. Il avait lâché les rames et fixait Carmen de ses vilains yeux de juste. Alors, bien sûr, notre mère a souri – « une madone », pouffera Charlot –, lançant sa couette de cheveux dans son dos :

— Excusez-moi, mes amours. C'est le soleil et l'énervement...

Puis, se tournant vers son fils-poisson, son bien-aimé, son champion, dans la rivière :

— C'est beau, mon grand chéri ! Mais lâche pas, continue ! C'est toi qui rachèteras l'honneur bafoué à Scarlett Messier !

Charlot me lança alors son regard absolument sans expression, ses yeux de poisson mort, ceux qu'il faisait quand c'était trop, quand ça ne pouvait plus durer, quand le ciel nous tombait sur la tête, mais sans fracas, sans même frôler la tête de notre mère qui criait. Je savais que Charles était maboul d'indignation et de douleur, lui aussi, convaincu, comme moi, que Carmen n'avait jamais voulu de cet enfant qu'elle cherchait à étouffer dans son ventre. C'était Charlot ou c'était moi, mais l'un ou l'autre allait faire quelque chose : crier, arracher les lunettes de Georges ou déchirer la robe de Carmen. « Enfants hystériques », hurlerait alors notre mère, pendant que papa, d'une voix de doux stentor chagriné, clamerait quelque désopilante vérité de gros bon sens, proverbe ou maxime qu'il nous demanderait de méditer en silence. Mais non, rien. Nous ne bougions ni l'un ni l'autre, sidérés et remettant à plus tard colère et amertume, mots grossiers et scandale, pendant que Serge fendait l'eau de son crawl athlétique sous le gros soleil et les encouragements dispensés par notre mère.

— Oui, mon trésor, tu vas bien ! Encore une centaine de brasses et tu touches la rive !

Georges ramait et suait de plus en plus. Le soleil tapait. La bedaine de Carmen luisait comme une épaule de requin, dans les histoires que me lisait Charlot, la nuit, et qui me faisaient trembler sous mes couvertures jusqu'à ce que je sente bouger la queue du monstre sous mon lit. Soudain, un couinement et le cri de Carmen : dans la rivière, Serge, tourné sur le côté, flottait toujours, mais entre deux eaux, immobile et sans plus faire de bulles.

— Plongez, quelqu'un ! Mais plongez donc ! Vous voulez qu'il se noie, c'est ça ?

On a tous sauté à l'eau — gros plouf ! de baleine —, sauf Carmen qui hurlait, debout sur la pince de la chaloupe. Georges a ramené Serge près de la barque et Charlot et moi l'avons hissé, pendant que notre mère tirait sur ses bras, de toutes ses forces :

— Oh ! mon amour, tu y es presque arrivé ! Tu seras le champion des champions ! Tu verras ; un jour, tu seras quelqu'un, toi !

Serge a ouvert les yeux presque tout de suite, souriant et dénoyé d'un coup. Rires, cris, embrassades et balancements dangereux de la chaloupe. Ensuite, baignade sur la plage et longue marche à l'écart, sur la grève, du père et de ses deux aînés, pendant que la mère et son champion, sa tête à lui sur son gros ventre à elle, se caressaient, rescapés miraculeux. Amour, gros amour, jour comme les autres, folie, bonheur, gravité et inconséquence mêlées : sur la plage de Grand Remous, la famille Citrouillard, seule au monde et jusqu'à la brunante, oubliera noyade et future naissance indésirée, vie et mort, mots dits pour rien à cause du soleil et de l'énervement.

Voilà, Julien, c'est peut-être à cause de ça, de leur sens du tragique et de leur légèreté – « la folle et son savant esclave ! » (Charles) –, de leur désinvolture, de leur gravité, de leur façon de souffrir et puis d'oublier, de leurs caresses et de leur aisance à tout recommencer, pendant que toi, dans le ventre de Carmen, tu apprenais la terreur et la hâte : oui, c'est peut-être à cause de cela que tu viendrais tout changer, Julien, avant, oh ! oui, bien avant leur départ...

Ce soir, le vent est léger à ne pas friper l'herbe. Je galope longtemps dans la pinède, je fais le cheval, avec ses sabots et ses bruits de gueule, pour faire fuir les belettes qui m'ont dévoré trois poules, la nuit dernière, les sauvages. Je cours à longues enjambées, les bras en l'air, imitant des ruades et aussi le claquement du fouet : je te dis, une vraie course d'alezan mordu par un serpent de roche. Et j'entends ton rire d'effraie, Aline, entre les branches moussues des pins. Parce que, vois-tu, je sais encore t'arracher, même de force, ton rire de pouliche énervée. Oui, les mots te font peur, alors que mon allure de cheval, piétinant les fougères ou boulangeant le sable de la plage, te semble naturelle : tu comprends. Et même si, souvent, tu me fais tes grands yeux choqués et ta bouche pincée d'institutrice qui ne peut pas venir à bout du tannant de la classe, je sais qu'au moins une Aline, mon Aline préférée, vive et orgueilleuse de la vie, sait et est bienveillante. Celle-là comprend que son petit frère fou est tout seul, qu'il est en train d'expier, de payer, assis sur la véranda de cette grande maison de conte — ta chanson préférée : « C'est un château aux longs rideaux dans l'eau... ». Toi non plus, tu ne sais pas, pour l'ogre. Tu ne peux pas savoir puisque je ne dis rien (tu n'es pas la seule « muette par coups » de la famille, tu sais!). Je ne peux pas vous décrire une présence, un souffle, des pas, une enjambée monstrueuse qui me fait me coucher dans l'herbe, haleter en mordant mon poignet et réciter vos poèmes appris par cœur en cachette, jusqu'à ce que l'ogre s'éloigne en gémissant. Vous me parleriez, alors, de Dieu ou du diable, prononceriez d'autres mots encore qui lui donneraient plus de méchanceté, à lui, et à moi moins de courage, et puis c'est tout. Il existe, l'ogre Trinité, même si je suis seul à le connaître, à m'écraser dans le foin ou à m'allonger dans le lit du ruisseau, à souffler avec une tige de roseau, à sentir le courant peigner ma chevelure, en faire des cheveux de femme ou de noyé, à refuser la mort, à préférer me changer en glaise pour l'éternité, ou en longue roche plate et blanche au fond de l'eau, plutôt que de me découvrir et de le laisser m'emporter pour me dévorer. Ça y est, je suis fou maintenant, vraiment fou! Puisque je trouve joyeux d'être étendu là, à faire le mort, le noyé. A regarder, à l'envers, les frissons du soleil et du vent, les petites vagues à la surface et la danse lente des algues qui font comme des nuages dans un ciel vert et ondulant. Une fois, il vient boire, l'ogre, si près de ma tête, que je vois ses yeux de grosse mouche, deux lunes mortes et luisantes qui se mirent dans le ruisseau, qui s'ouvrent et se ferment, très lentement, comme des phares. Sa bouche géante lape tant d'eau d'un seul coup que je sens le vent me glacer le nombril et les orteils. J'ai très peur et, en même temps, je suis follement heureux : l'ogre peut m'avaler si facilement, je suis si minuscule, à peine plus gros que le colimaçon qui pend, là, collé à l'algue, entre les longues dents du monstre, et pourtant, il ne me boira pas! Je suis fond clair de sable ou de roche, trop parfaitement immobile et lisse. Je suis protégé, minéralisé, immangeable! Je souffle tranquillement dans mon roseau pendant que le mastodonte désal-

téré relève sa grosse tête et que le soleil revient faire gigoter des poissons d'or au-dessus de ma face de roche vivante! Je me relève à demi et reste assis un bon bout de temps dans le ruisseau, aspirant l'air comme un petit ogre, moi aussi, avant de me secouer, de sauter et de danser dans le sentier de sable, en saluant les arbres comme un ressuscité.

Il m'arrive de croire que tu le vois, toi aussi. Souvent, tu t'arrêtes de marcher, sur le chemin de la plage et, une main appuyée au tronc d'un pin, l'autre remontée en visière sur ton front, droite et aux aguets comme mon chien devant une perdrix, tu fixes le fond sombre du bois ou le faîte des arbres. Je m'approche de toi, alors, et murmure dans ton oreille :

– Qu'est-ce que tu vois, Aline?

Sans bouger la tête, sur le souffle, tu me réponds :

– Ce que je vois? Mais rien! Tu pourrais pas comprendre, Julien!

Je suis sûr que tu as aperçu l'immense ombre allongée de sa jambe, dans les feuillages, ou bien entendu sa respiration, son ronflement de monstre endormi, dans le touffu des buissons de sauge. Pendant une minute, je ne suis plus le seul pourchassé, le seul Petit Poucet de la forêt de Grand Remous. Je scrute alternativement ton regard, la tête des arbres et le creux du sous-bois et, oui, il me semble entrevoir un peu de sa fourrure broussailleuse dépassant du rocher, là-bas. Ou bien je l'entends haleter, comme un orignal assoiffé, au fond du ravin aux lys. Ma peur, alors, se coupe de moitié : tu es avec moi, nous avons les mêmes yeux qui nous mangent la figure à force de s'ouvrir pour bien tout regarder, nos oreilles deviennent des antennes si puissantes que le moindre remuement dans les aiguilles de pin nous fait pencher la tête, ou bien nous accroupir dans les framboisiers sauvages, et alors nous avons les mêmes égratignures rouges et zébrées sur les bras et les cuisses. Nous sommes complices, ensemble à l'affût, ensemble menacés et tremblants. Et puis, tu te relèves, subitement rieuse, me lâchant la main et tu dis, d'une voix trop claire :

– Pauvre de moi, je deviens aussi détraquée que toi, mon Julien !

Et tu cours rejoindre Serge et Charlot sur le chemin, me laissant tout seul à lécher mes écorchures, à me demander ce que tu as bien pu voir, toi, et à craindre que tu ne sois comme les autres : narquoise, injuste, incapable d'ouvrir le bon œil, et méchante, toi aussi, par entêtement et manque d'attention. Je me remets debout, mon corps lourd comme du plomb. Je sens mon sang, épais comme de l'huile, dans mes veines. J'essaie de courir vers vous, mais c'est comme courir dans l'eau : je n'avance pas, je suis englué, pris dans un sable mouvant. L'ogre peut venir me prendre, facilement, je suis paralysé, encalminé, comme notre chaloupe, quand elle s'échoue sur le haut-fond de sable, à l'embouchure de la crique. Je veux crier, je le veux de toutes mes forces, mais ma bouche est pleine de vase. Alors je reste là, à genoux dans les ronces, à attendre la mort, la fin, la dévoration. Vous ne comprenez donc pas ? Je suis le paratonnerre de Grand Remous, Aline, le traqueur d'ogre – en apparence sa proie –, votre guérisseur, si vous le voulez, et même si vous ne le voulez pas ! Je déjoue le monstre, pour vous, je fais bifurquer l'ogre, je l'éloigne de vos corps ! Il ne vous reste rien que la vie, il vous reste toute la vie ! La mort n'a plus rien à vous prendre, j'ai tout donné, je donne tout pour vous, à mesure ! Vous n'êtes plus propriétaires de rien qui puisse l'intéresser, vous pouvez vous laisser traverser par la vie, par les rayons, transparents comme des vitres !

Je vous observe, sur la plage, caché derrière une dune. Vous ouvrez vos livres, l'atlas, ou bien l'une ou *l'autre des encyclopédies poussiéreuses de la chambre aux livres – où je vais fouiller, la nuit, pour suivre vos démences –, et puis vous vous allongez sur le sable et récitez les pays lointains et les mers : momies, spectres, fantômes! Pourquoi ne sautez-vous pas dans les vagues? Pourquoi ne vous mettez-vous pas à voler, comme le papillon au-dessus de l'asclépiade? Vous avez autant, plus de pouvoir que lui! Vous pouvez tout faire, vous n'avez plus ni point faible ni odeur, vous n'êtes plus des cibles, vous pouvez vivre la passion pure, puisque je suis là, moi, terrorisé pour vous, à l'écart, à découvert, prise facile, attirante, pâture aisément dénichable, souffre-douleur, sacrifié! Mais vous ne voulez pas. Vous n'êtes pas encore au monde ou vous n'y êtes déjà plus, je ne sais pas. C'est épouvantable : mon immolation ne vous rend pas plus heureux, même pas vivants! Au contraire, vous préférez étudier, fouiller les livres et aussi vos têtes, vos mémoires! Et si, parfois, vous vous chamaillez sur la plage, tout à coup exaspérés, enragés par vos élucubrations, vous faites lever dans l'air une poussière de cendre, et non pas de sable, une poudre qui m'étouffe, même à distance. Vous ne voulez pas reconnaître votre chance : je vous protège de l'ogre! Vous êtes au cœur du paradis et pourtant séparés de lui! Les fous, c'est vous!*

La branche du cèdre frottait contre la fenêtre de notre chambre qui laissait entrer la lumière de la lune et le souffle tiède du vent d'août. Charlot ronflait et Serge délirait dans son sommeil, en proie à l'un ou l'autre de ses rêves auguraux. Moi, je ne dormais pas. Cette nuit-là, ce n'était pas la mémoire qui tenait votre sœur éveillée, respirant à grands coups sous l'édredon, les yeux grands ouverts sur le mur de la chambre où s'enchevêtraient, en ombres chinoises, les gestes effrayants et compliqués de « l'arbre à sortilèges », comme le nommait Charles. Colombes attaquées par des cavales volantes, élancées et sensuelles, que chevauchaient des nains difformes ou des sorcières à chapeaux-champignons. Je fermais les yeux, comptais onze secondes – pour les onze heures au cadran du réveil, sur la commode, que la lune éclairait comme un projecteur de théâtre – pendant lesquelles montait en moi la panique, comme une poussée de fièvre, parce que je savais ce qui bougerait sur le mur si j'ouvrais les yeux. Et je devais les ouvrir, il le fallait, et je les ouvrais, bien sûr, et je les voyais, les pays, avec leurs frontières mouvantes, les mers et les continents qui se déplaçaient, furieux, exaspérés par leur immobilité de mappemonde, leur éternité froide de sphère, de planète. L'Australie, défonçant l'Afrique d'un coup de cap Horn en dérive, le détroit de Behring se rétrécissant à vue d'œil, plus petit filet que notre crique, puis s'élargissant aussitôt pour laisser passer le Japon qui, lui, bloquait le passage en s'écrasant contre la Norvège... Je me taisais de toutes mes forces de peur qu'un de mes cris, ou même un soupir, ne fasse s'effondrer toute cette géographie dansante sur mon lit où se mettraient alors à grouiller, sur les draps, les pays-insectes, scarabées et scorpions, prêts à me tuer à la moindre repartie, énoncée par moi, sans son, et comme en réponse à leurs questions muettes : « Ils sont à Kodiak, en Alaska ! Non, ils sont à Barranquilla, au Bogota ! Non, à Miracatu, au Brésil ! Laissez-moi tranquille, peu importe où ils sont maintenant, je ne veux pas mourir, allez-vous-en ! »

D'un geste, je repoussai le drap qui glissa sur le plancher, linceul, abri abandonné de Touaregs sahariens, et me dirigeai, à pas de loup, vers la chambre du fond, celle où reposait, sur son petit lit de fer, l'autre fou, le vrai, celui frappé avant moi, le premier. Julien dormait, roulé en boule sous son édredon que j'avais moi-même tricoté. Le vent et l'arbre ne dessinaient rien sur le mur de sa chambre où ondulait, sage et tranquille, le reflet d'eau dormante de la clarté lunaire. Je m'avançai, dans cette lumière sous-marine, jusqu'au pied du lit où je m'arrêtai, recueillie. A côté de son lit, Julien avait empilé des coquilles d'huîtres, sans doute ramassées sur la grève, au crépuscule. Il n'en ferait rien, ni lampe ni cendrier ni même une sculpture jolie et inutile, comme mes soleils, qu'il aimait tant. Simplement, ces coquillages étaient là et resteraient là, sur le plancher, près de son lit, à la portée de ses yeux, de ses mains. Il pouvait les regarder, les toucher, faire glisser ses doigts sur leur nacre froide, les faire sonner au creux de ses paumes comme des castagnettes, écouter la rivière dans leurs volutes en entonnoirs. Et puis, un matin, il les lancerait par la fenêtre, juste pour entendre le beau fracas de leur éclatement contre le tronc du cèdre, content de sa fureur d'enfant, débarrassé, libre de ramasser, maintenant (sans se souvenir de rien et sans rien imaginer!) des œufs de pluvier, de joncher le plancher de sa chambre d'aiguilles de pin, pour rien, pour sentir leur picotement sous ses pieds, au réveil, ou pour dormir dessus afin de nous montrer, au déjeuner, les traces étoilées sur la peau de son dos, l'air espiègle et sorcier :

– Je deviens zèbre, enfin, je deviens zèbre !

Et nous riions, même si nous avions peur. Peur de lui, peur de le voir, en effet, devenir zèbre, car enfin tout était possible avec lui. Peur, surtout, qu'il ne soit jamais comme nous : normal, terrorisé, raisonnable, abandonné.

Sur l'étagère, un seul livre : les *Contes* de Perrault. La veille, je lui avais encore relu les deux contes. Il me les réclamait chaque soir, cet été-là. Il se calait au creux de son lit et m'écoutait, en ouvrant de grands yeux de chat. Seuls *Le Petit Poucet* et *La Belle au bois dormant* l'intéressaient. A tout bout de champ, il m'interrompait pour poser ses drôles de questions :

– La maison dans la forêt où la reine ogresse fait enfermer ses petits enfants, c'est bien la maison de l'ogre, la même maison, la cabane du géant Trinité ?

– Peut-être…

– Le prince de *La Belle au bois dormant*, c'est Poucet devenu grand, hein ?

– Ça se peut, Julien ! Laisse-moi continuer !

– Les deux histoires sont une seule et même histoire, hein ?

– Si tu veux !

– C'est une histoire vraie, hein, Aline ? Tu me jures que c'est une historie vraie ?

J'étais si heureuse qu'il m'écoute, qu'il me parle, qu'il soit enfin éveillé et curieux comme un petit garçon normal! Je ne lui disais pas que les deux contes étaient des histoires inventées. Il récitait, en même temps que moi, certains passages qu'il connaissait maintenant par cœur, avec une étrange voix détimbrée :

– Hélas, mes pauvres enfants, où êtes-vous venus? Savez-vous bien que c'est ici la maison d'un ogre qui mange les petits enfants?

Ou bien encore :

– Est-ce vous, mon prince? Vous vous êtes bien fait attendre!

Et puis :

– Il marcha vers le château qu'il voyait au bout d'une grande avenue où il entra et, ce qui le surprit un peu, il vit que personne de ses gens ne l'avaient pu suivre, parce que les arbres s'étaient rapprochés dès qu'il avait passé...

Mais, qu'est-ce qui m'arrive?... La mémoire frappe, comme avant et, oh! Julien, je ne sais pas pourquoi, maintenant c'est ta naissance que je revis! Jusqu'où irai-je, à rebours dans le temps? Tout d'abord, il y a eu l'odeur, la senteur de ta venue au monde! J'épiais, depuis l'aube, depuis les premiers gémissements de Carmen – des petits cris, suivis de roucoulements, et puis une espèce de clameur de vache effrayée –, accroupie derrière la grosse plante, dans le corridor. La porte était entrouverte, je distinguais quatre jambes : celles, remuantes, du docteur et celles, pétrifiées, de Georges, sous un pan de drap froissé. Mais, surtout, l'odeur, inoubliable, saoulante! Comment décrire, retracer cet effluve douceâtre, moitié vanille, moitié sang de poule, essence de sève de fougère et relent de sueur, de ma sueur à moi, quand je me touchais et frémissais, bouche et narines ouvertes, certaines nuits de torpeur, de contentement et d'incompréhension, au creux de mon lit? Une exhalaison de grève au printemps, un parfum pur, inconnaissable et pourtant précis, et qui contenait tout ce qu'il devait y avoir de désirable et d'empoisonné dans le monde, pollens suaves de fleurs meurtrières, fragrance de peau de sirène, fétidité de peau de serpent, liqueur de baisers, salive d'agonisant, drogue, philtre, irrésistible appel de la mort délicieuse, invitation violente à vivre... Mon cœur battait si vite et je respirais si fort que mon souffle faisait palpiter la grande feuille d'amarante, sous mon nez, comme un fanion de tombola. Les cris de Carmen, les interjections qui se voulaient tranquillisantes de Georges – « Pousse pas trop fort, ma chérie ! Respire bien ! C'est ça, ma grande fille, c'est ça ! » – et les ordres secs, monocordes, du docteur : toutes les voix, et même les bruits, passaient *sous* l'odeur, étaient englués dans l'extraordinaire remugle de ta naissance, Julien. J'entendais, pourtant – plus tard, avec Charlot, je devais me les rappeler, pour ainsi dire, mot à mot –, les divagations de Carmen, son délire de sorcière, ses feulements de douleur et les paroles apaisantes de Georges, mais comme différés, sans surprise, appartenant à un autre monde, un monde qui n'était pas l'odeur, seule capable de te faire entrer dans la vie, à la fois venin toxique et baume de béatitude, relent des limbes. Je soufflais fort, dans mon coin, tremblais, m'évanouissais tout en restant éveillée. J'écoutais maman crier et je priais pour elle et pour l'enfant tout en faisant mon acte de contrition. Carmen hurlait :

– Ahhh !!! Qu'est-ce que c'est, Georges, mais qu'est-ce que c'est que ce monstre ? Un garçon, j'en suis sûre, le tyran ! Oh, cette touffe de cheveux rouges, un futur malin, un rusé ! Oh, Georges…!

Tu éclatais enfin, avec l'odeur, Julien, dans l'odeur, grenouille dans une vase accueillante, papillon dans une glu de pollen ! Tu naissais, Julien, et j'étais là, moi, et j'avais tout senti, tout respiré, tout vu sans rien voir, tout entendu sans rien entendre ! J'étais là, saoulée, repue, écœurée, épuisée d'aspirer sans pouvoir m'arrêter, sans pouvoir mourir ni bouger, l'arôme de ton arrivée qui changerait tout, je le savais. Et je restais là, affolée derrière l'amarante, à présent tout échevelée, entre mes doigts.

Une heure après, tu étais dans les bras de Georges, rouge et toujours muet – pas un cri, pas un gargouillis, rien. Nous te touchions à peine, te cajolions délicatement, timides et révérencieux, étrangement précautionneux, n'osant pas te prendre, soudain inquiets et liturgiques, « comme s'il nous était né un petit Jésus dans le château » (Charlot). Ton duvet roux : une houppe. Tes petites mains : des fleurs ouvertes. Tes yeux bleu nuit : deux cristaux frileux qui déjà voyaient tout sans rien reconnaître. Serge, les sourcils en accent circonflexe, avec la voix blanche qu'il avait pour raconter ses rêves, s'est écrié :

– Y ressemble à personne !

Et c'était vrai. Ni à Georges, ni à Carmen, ni à aucun de nous trois. Un gros bébé au corps de lait et à la chevelure de mousse rouillée, déjà songeur et taciturne, silencieux comme le monde d'où il venait et qui, à chacun de ses petits gestes tranquilles, aisés, semblait nous désigner et nous effacer à la fois. Lutin, gnome, elfe. Les images, les mots de nos contes pouvaient enfin servir : nous l'avions enfin avec nous, le Petit Prince, Riquet-à-la-houppe, Tom Pouce ou Peter Pan, le Petit Poucet, ce minuscule dieu ou diable qui nous était arrivé, précédé de son parfum ensorcelant.

J'étais affalée sur mon divan. Charles épluchait l'encyclopédie, s'arrêtait au mot « hérédité ». (« Tout accident affectant les chromosomes ou les gènes, par exemple les rayons X, provoque des mutations... ») Je saisissais Charles par le cou, nous nous battions dans les marches. Je criais :

– Non, non, pas un mutant !

Serge nous séparait :

– Arrêtez, tous les deux ! Y vont vous entendre !

Mais Carmen et Georges ne nous entendaient pas. Enfermés avec Julien, avec le petit mutant ou le petit débile, dans leur chambre, ils gazouillaient avec ferveur, roucoulaient avec passion, zozotaient gaiement dans un langage bébé, tendre et bête, bref, réagissaient en parents normaux, « épuisés mais ravis » (Charlot).

Au fond, nous savions, bien sûr, que Julien était notre frère – « même sang, même tourment ! » (Serge). Simplement, avec une sorte d'instinct qui nous excitait et nous faisait peur à la fois, nous devinions le malheur, le danger : déjà nous nous préparions à survivre, comme si ta naissance, Julien, était le commencement de la fin. Julien, notre mouton noir, notre beau petit fou, notre martyre, notre meurtrissure !

Je suis ici, à Puerta Santa Catarina et la lune se couche. Sur mon sac de couchage, plus d'insectes, plus de pays, plus d'îles grouillantes. Seule, chaude et rayonnante comme un morceau de braise, l'odeur m'attend toujours. Elle ne m'a jamais complètement abandonnée. Et, tout à l'heure, si j'entre retrouver Donald dans son sac, je sais que l'odeur sera là aussi, capiteuse, regénérescente – une drogue – et que je renaîtrai avec elle, pour continuer, pour faire encore un peu de route, pour enfin comprendre le mystère Grand Remous.

En rentrant de la grange, je trouve ce billet sur la table à pique-nique, sous une pierre de quartz, translucide, lumineuse comme de la tire d'érable :

> *Julien, tu as tué ton ogre et j'ai tué le mien. Mon ogre à moi qui me tenait en laisse. Tu es plein d'écorchures et de peurs, comme moi. Mais tu n'es pas dangereux !*
>
> *A présent, je sais tout : le Petit Poucet, la Belle au bois dormant, le château, le barrage, les « cent ans de sommeil » à Grand Remous, les docteurs et la mort à tes trousses. N'aie pas peur, Julien. Je suis là. Ensemble, nous nous rachèterons. Le chalet de l'ogre deviendra une crèche, tu verras. Ne crains rien. Je t'aime et je t'attends.*
>
> *Irène*

Je lève la tête. Le ciel est criblé de galaxies et le vent est déjà tombé. Mes frères et ma sœur, elle m'attend, la Belle au bois dormant !

Matin brumeux de mars, la neige fond et tombe par grands pans du toit, en faisant un bruit d'avalanche. Les mots résonnent en moi, n'en finissent plus, leurs échos qui me donnent des frissons : « généalogie, arbre généalogique, généalogie… ». J'ai consulté les dictionnaires, appris par cœur les définitions, et je tremble à l'idée que je vais bouger, me servir enfin des mots, apprendre enfin quelque chose ! Moi seule peux y arriver. (Mais ce ne sera pas facile !) Vroum ! Une autre galette de neige glacée s'écroule du toit et Charlot sursaute à côté de moi. Je ne lui dirai rien, tant que je ne reviendrai pas, triomphante, de chez M. le notaire Poulin, avec les noms et les dates. C'est moi que le gérant de la Caisse populaire – notre exécuteur testamentaire, si on veut – a désignée comme responsable de nos dépenses, au château. (Papa disait : « Elle a la tête sur les épaules, votre sœur, imitez-la donc un peu, les gars ! ») Donc, oui, j'irai d'abord à la caisse, trouver M. Théorêt, demain matin, à pied, pour avoir le temps de bien méditer mon affaire, de trouver le ton juste, pas suppliant du tout mais raisonnable, grande fille. Et je saurai ! Il y a une piste, un filon, une veine : je le savais ! Et je suivrai jusqu'au bout ce chemin-là ! J'ouvre la fenêtre pour que l'air mouillé de ce premier matin de printemps me raplombe un peu. Je respire à

grands coups cette brume au goût de sève et me sens
déjà délivrée : je suis heureuse, toute bouillante d'espoir,
sur le sentier de guerre...

Oh ! comme je me souviens bien de ce matin d'espé-
rance et de surexcitation, dans la chambre aux livres,
avec un Charlot aux petits yeux soupçonneux assis par
terre à côté de moi, et les ombres soudaines, rapides
éclipses que faisait la neige en dégringolant du toit.
J'avais le souffle court et des fourmis dans les jambes :
j'étais sûre de mon coup, décidée, ça devait marcher,
j'étais inspirée, Jeanne d'Arc écoutant ses voix !

Tout a été facile. Trop facile. M. Poulin, notaire de
Grand Remous, vieux garçon toqué, très gentil, a dit oui :
pour cent dollars, je l'aurais, mon arbre. « Pauvre p'tite
fille, pauvres vous autres, si vous pouvez pas aller en
avant, au moins vous pouvez aller en arrière ! Et puis, qui
sait ? »... (« Qui sait quoi, hein, vieux catholique à pitié,
vieux condescendant ?! » – Charlot). M. Théorêt, non plus,
n'a pas fait de difficultés. Ce n'est pas que j'avais plaidé
ma cause brillamment – « C'est pour payer la réparation
de notre toit qui coule ! » – ni que mes larmes de crocodile
femelle et orpheline l'avaient touché : il m'a donné les
cent dollars comme un cadeau. « Pour vous payer une
petite folie, hein ? Pauvres vous autres, une fois n'est
pas coutume ! » (« Oh, ces "pauvres vous autres", leur
compréhension, le sirop écœurant de leur miséricordieuse
compréhension ! » – toujours Charlot). Tant et si bien
qu'après dix-huit jours d'une attente fébrile et équivoque
– vu la trop grande facilité, justement, de ma démarche –,
pendant lesquels avançait le printemps, fondait la neige,
craquaient les glaces sur la rivière, en bas, et s'inquié-
taient mes frères, étonnés de mon mutisme qui s'éterni-
sait – « Qu'est-ce qu'elle a ? D'habitude, elle revient
après deux ou trois jours ! » (Serge) –, je fus convoquée
dans le grand salon du notaire vieux garçon : l'arbre

était arrivé ! Je quittai la maison en courant – « Elle a même pas mis ses bottes à jambes ! » (Serge) – et y revins, peu de temps après, les sentiments en désordre, le cœur battant, avec le très vague souvenir du visage affligé du notaire qui, n'ayant accepté que la moitié des cent dollars, m'avait remis l'enveloppe sans rien dire et le caquet bas. Essoufflée mais glorieuse, je poussai un cri de rassemblement au pied de l'escalier, avant même d'avoir ouvert l'enveloppe. (« Idiote !, sans dessein ! », devais-je me répéter, plus tard, avalant mes larmes, de vraies larmes, cette fois, intarissables, amères.) J'attendis Charlot et Serge (Julien pêchait sur les glaces, faisait son maître draveur), assise sur le divan, une grande flaque de neige fondue à mes pieds. D'abord, je les mis au courant de ma quête, justifiant mon « air bête qui n'en finissait plus » (Serge), puis, sur un commandement de Charlot (« Ouvre la maudite enveloppe, Aline, Jésus-Marie ! »), je lus, à voix haute et chevrotante, les deux pages que contenait la fameuse enveloppe brune. (Pourquoi, mais pourquoi diable ne suis-je pas allée lire ces horreurs toute seule, dans le hangar, gardant le secret jusqu'au bout, jusqu'au désenchantement final, quitte à ce que ma mort, toute seule, s'ensuive ?)

Blanche Rioux, née le 10 mai 1893, à Montréal, mariée le 15 août 1910, décédée le 5 octobre 1951,

Rodolphe Messier, né le 6 février 1889, à Saint-Hubert, marié (à Blanche Rioux) le 15 août 1910, décédé le 12 avril 1941,

leurs enfants, tous nés à Montréal :
Rodrigue Messier, né le 5 juin 1911, décédé le 28 novembre 1948 (noyade, lac des deux îles),

Marie Messier, née le 27 janvier 1912, décédée le 12 mai 1950 (en couches),

Louis-Paul Messier, né le 6 août 1914, décédé à Albany, New York, le 12 décembre 1960 (accident de travail),

Georges Messier, né le 12 juin 1915, disparu (?) le 16 août 1964, marié à Carmen Dumouchel, née le 20 juillet 1924, à Châteauguay, disparue elle aussi, le 16 août 1964 (?).

Carmen Dumouchel, fille de Marguerite Morssen, née le 21 septembre 1894, à Charlottetown, Géorgie, USA, et décédée à Châteauguay, le 18 avril 1964,

et de Paul-Alfred Dumouchel, né le 14 mai 1880 à Châteauguay, décédé le 2 octobre 1938,

tous deux mariés le 28 mai 1916, à Châteauguay,

sœur de Yvette Dumouchel, née le 13 juillet 1918, à Châteauguay, décédée le 7 août 1945,

de Paul Dumouchel, né le 21 février 1920, à Châteauguay, décédé le 17 novembre 1958,

et de Mark Morssen (? – sans doute né Dumouchel, il aura pris le nom de ses ancêtres maternels), né le 18 octobre 1921, à Atlanta, Géorgie, décédé le 21 mars 1951, en Corée du Sud.

Georges et Carmen Messier sont père et mère de :

Charles Messier, né à Grand Remous, le 15 janvier 1952,

Aline Messier, née à Grand Remous, le 24 août 1953,

Serge Messier, né à Grand Remous, le 4 novembre 1954,

et de Julien Messier, né à Grand Remous, le 31 août 1959.

Fait à Grand Remous, le 25 mars 1967, par Mᵉ Maurice Poulin, à la demande de Aline Messier, ci-haut mentionnée.

A part nous quatre – et peut-être nos deux disparus –, aucun survivant ! Une hécatombe ! Auschwitz, l'Arménie, le Goulag ! Même l'oncle Louis-Paul avait trépassé (sous les crocs de l'un de ses loups, nous l'avons su un peu plus tard, en écrivant au cirque Vargas). Bien sûr, Charlottetown, les Morssen, Atlanta, *Gone with the wind*, Ashley et les lubies « nègres alanguis, coton neigeux et jupes à volants » (Charlot) de Carmen s'expliquaient. Mais c'était tout ! Ça s'arrêtait là ! Si on exceptait, bien sûr, le frère de notre mère, l'énigmatique Mark Morssen (dont Carmen n'avait presque jamais parlé), mort au champ d'honneur, futur héros et modèle des légendes de Serge, de ses « illusions de grand petit homme » (Charlot), nom vite donné en pâture à nos jongleries d'abandonnés, seule proie, seul demi-dieu, seul mystère de notre « orbe d'anéantis » (toujours Charlot).

Décidément, nous étions seuls au monde, et une bonne fois pour toutes !

« Quand il vint au monde, il n'était guère plus gros que le pouce, ce qui fit qu'on l'appela le Petit Poucet. Ce pauvre enfant était le souffre-douleur de la maison et tous se moquaient de lui, de sa petite taille. Cependant, il était très malin... »

Mon cœur bat, j'ai chaud, j'ai froid, je tremble et, en même temps, une paix inconnue m'enveloppe. Les grosses lettres dessinées me donnent la chair de poule et me brûlent le sang :

« Le père et la mère, voyant leurs enfants occupés à travailler, s'éloignèrent d'eux insensiblement (in-sen-si-ble-ment, j'épelais le mot, encore et encore, et je vous voyais, en train d'arracher les mauvaises herbes dans le jardin, et je voyais le vide, derrière vous, soudain terrifiant, la maison désertée...), et puis s'enfuirent (oh! oui, c'est donc ça! S'en-fui-rent!) tout à coup (tout à coup, oui, à un moment précis, comme si un signal leur avait été donné!) au détour d'un sentier (et je les vois, le sentier et son détour, dans la pinède, juste après la talle de framboisiers)... »

Et ainsi de suite, le cœur dans la bouche, les yeux ouverts, les yeux fermés : je vois, je comprends et je sais ce qu'il me reste à faire :

> *« Le Petit Poucet, qui était très malin, comprit la décision de ses parents et, de bon matin, voulut sortir (voulut seulement ? Mais pourquoi diable n'est-il pas sorti tout de suite, sans réfléchir ? C'était urgent !) pour quérir des cailloux... »*

Un peu tard, peut-être mais qu'importe : il sortira, le Petit Poucet, ramasser des cailloux. Il le faut ! Prendre les sentiers, l'un après l'autre, de bon matin, jusqu'à la rivière, trouver les cailloux, s'en remplir les poches. D'abord, pierres rouges, pierres blanches, roches pailletées d'or, capables de briller dans le noir (et s'ils s'enfuient la nuit ?). Plus tard, cocottes de pin, glands de chêne, champignons séchés et, la folie étant avec moi, l'espoir, ce seront les graines de tournesol et les morceaux de pain, oh pauvre enfant stupide !

> *« D'abord, le Petit Poucet ne s'inquiéta pas, car il pensait retrouver facilement son chemin, grâce aux miettes qu'il avait semées sur son trajet. Mais, grande fut sa surprise en s'apercevant que les oiseaux les avaient mangées... »*

A midi, l'allée lisse, vide, sans signes : mes croûtes de pain dévorées par les geais et les pies. Et, même, je m'embusque, je vérifie : ils descendent, d'abord gênés, méfiants, les gros geais mauves, sautent d'une branche sur l'autre, tombent dans le sentier, ensuite marchent sur les aiguilles de pin, comme on avance sur du feu, et puis lancent leurs becs, de grands coups violents, et les miettes disparaissent dans leurs bouches invisibles. Ensuite, arrivent les longues pies, avançant par bonds, inquiètes et pourtant avides de mes boules de pain. Je reviens vers la maison, vaincu, mais presque heureux (fou!) de mon échec : il me faudra recommencer. L'histoire est impitoyable et pourtant me fait vivre d'une vie si puissante! Je remonte dans ma chambre, tranquille et obsédé, et j'ouvre le gros livre : l'ogre va bientôt apparaître! («Je sens la chair fraîche!») Je me couche, me roule en boule sur mon lit, terrassé, sans courage. Et pourtant je sais qu'il me faudra, une nuit, peut-être cette nuit même, aller plus loin, entrer dans la maison de l'ogre, accomplir le geste nécessaire (mais lequel?). Pendant des semaines (des mois? Feuilles neuves, feuilles roussies, première neige de cette saison détraquée), je relis l'histoire, mais seulement jusqu'à ces mots : «Hélas, mes enfants (vous trois, et moi, le Poucet trop téméraire!), c'est la maison d'un ogre qui mange les enfants!» Obstacle infranchissable, interdit, haut mur qui me bloque le passage. Et je m'endors, foudroyé d'un coup. A chaque réveil, j'ai les pieds glacés et mes dents grincent comme si j'avais essayé, toute la nuit, de croquer mes cailloux blancs. Et puis, une bonne nuit, avec la lune complice et une grosse neige innocente dans la fenêtre, trop sûr de moi, encore une fois trop hardi, je lis :

> *«Aussitôt que le Petit Poucet entendit ronfler à nouveau l'ogre, il réveilla ses frères et leur dit de s'habiller promptement, puis de le suivre...»*

Mais où diable les emmènerai-je? C'est ici, rien qu'ici, il n'y a pas d'autre monde, avec ou sans ogre, pas de refuge, pas de fuite possible pour nous! Ça, je le sais bien, moi! Le conte va-t-il nous changer, emmener de nouveau la mort chez nous, ou bien nous rendre fous, tous les quatre ensemble? Je ne vous dis rien, et vous dormez, tous les trois, après avoir fouillé dans vos livres,

143

vos autres livres, car vous m'avez donné celui-ci, le seul, le vrai, le bon : mes contes ! Vous dormez, tranquilles, tandis que je m'apprête à entrer chez l'ogre !

> « *Il s'approche du lit où dormaient les enfants, sauf le Petit Poucet qui eut bien peur lorsqu'il sentit la main de l'ogre qui tâtait sa tête...* »

Peur ? C'est vite dit ! Panique, terreur, lâcheté, désir de mourir, courses folles dans les champs, hurlements muets au ciel vide, évanouissements à répétition dans l'herbe, plongeons affolés dans la rivière, longues minutes, allongé, en faux noyé, sous l'eau de la crique. Mais je ne peux pas fuir ! L'ogre sait, saura toujours où me trouver. Chaque matin, à sa femme, il crie :

« Donne-moi vite mes bottes de sept lieues afin que j'aille les attraper ! »

Je suis vaincu d'avance, persécuté, poursuivi par cet être magique que je ne saurai jamais déjouer. Creux de rochers, trous de fée, ombre du gros frêne, fond du ruisseau, boue du marais : mes retraites sont jeux d'enfant pour l'ogre tout-puissant, chaussé de ses bottes miraculeuses. Je n'ai plus qu'à m'étendre, au bout de mon souffle, dans le foin ou sur le flanc d'un coteau, et à l'attendre, l'oreille tendue aux murmures des tiges de panais sauvages, aux chuchotements des ailes de l'oiseau-mouche, mes espions, mes sentinelles. Je suis déjà à moitié mort, prêt à me laisser dévorer, pendant que vous autres, dans la maison ou sur la grève, vous serez épargnés, Dieu soit loué ! Et puis, une autre nuit, épouvanté, mais malade de curiosité :

> « *Tandis que ses frères s'éloignaient, le Petit Poucet, s'étant approché de l'ogre, lui tira ses bottes doucement (oh ! si doucement !) et les mit...* »

Jamais je n'y arriverai! Visible nulle part, sauf quand il marche sur moi, l'ogre Trinité est le farouche gardien de ses bottes enchantées. Nuits à rôder dans le bois, à arpenter les champs bruyants de criquets moqueurs, sous le ciel indifférent, à marcher sur la grève grouillante de salamandres inquiètes qui me frôlent sans me venir en aide : l'ogre est introuvable! Il ne dort donc pas? Où disparaît-il, après m'avoir cherché tout le jour sur la terre? Cette colline, là-bas, n'est-ce pas lui, endormi, ses bottes immobiles, immenses, profilées contre le ciel pâle du lever du jour, derrière la sucrerie? Non, c'est bien la colline, celle que je connais si bien, avec ses ormes mangés de rouille et qui m'accueille en lâchant ses alouettes espiègles et ses chauves-souris. Je cherche l'ogre et il me cherche. Grand Remous est un labyrinthe, de la pinède jusqu'au barrage. Puis, une autre nuit :

> *« Il vit l'ogre qui allait de montagne en montagne et qui traversait les rivières, aussi aisément qu'il l'aurait fait d'un moindre ruisseau. Le Petit Poucet vit un rocher creux, pas très loin, et s'y précipita avec ses frères, regardant toujours (oui, moi, regardant, pas vous!) ce que l'ogre faisait... »*

C'est alors que le véritable enfer commence. Moi, courant dans le bois, jusqu'à la cabane de Trinité et trouvant l'ogre endormi. (Oh, le souffle, vent d'orage, du monstre couché!) Les bottes, que je chausse facilement, qui me vont aussi bien que les cuissardes de caoutchouc pour la pêche, que j'ai trouvées, un jour, dans la remise. Je dérobe ensuite le grand couteau de l'ogre et m'élance, m'envole au-dessus des champs, jusqu'à la maison noire, notre maison, la maison de la veuve. J'entre par la cheminée, comme un lutin (comme un démon?). Je pousse la porte de leur chambre. Ils dorment (« Ils », « Eux », « Ces deux-là »!), étendus l'un à côté de l'autre, leurs visages dans l'ombre de ses cheveux à elle, leurs bras allongés sur les couvertures lisses, pas froissées du tout. J'approche du lit. La lune éclaire leurs têtes sans yeux sur les oreillers blancs, si blancs ! Soudain, un éclair zèbre le mur de la chambre : c'est le signal ! Alors je lève le couteau, lentement, comme un cérémoniant. Je dois le faire ! L'ogre l'exige ! Si je veux sauver mes frères et ma sœur, il faut lui obéir, c'est le prix à payer, cette minute interminable dans la chambre : le couteau qui monte, si lentement, comme levé par une autre main que la mienne, le pouvoir en moi qui travaille seul, et le sang sur les draps, ce rouge, et mon cœur qui se fend, cette crampe sous mes côtes qui ne s'en ira plus ! Et puis c'est fini, mystérieusement. L'ogre sera content de moi et nous libérera. A nouveau, ma course, la cheminée, la marche sur le toit, un saut facile, le sentier où je laisse des traces rouges que boiront les pies idiotes. Plus de lune dans le ciel, nuit noire, et ma fuite, si rapide, à travers les champs. Et enfin la cabane de l'ogre où, réveillé, il m'attend, m'accueille en éclatant de rire, un rire effrayant qui me fait fuir à nouveau, pieds nus, sans ses bottes que j'abandonne dans la clairière, loin, très loin, jusqu'au barrage. Et je me réveille à mon tour, la bouche desséchée, la tête vide, englué jusqu'aux épaules dans le courant. Et puis, c'est l'arrivée des hommes en blanc, avec leurs seringues dressées comme des dards de guêpes géantes, les docteurs, la clinique.

Je payais, mes frères, je continuais de payer ! Chaque nuit, le même cauchemar, depuis la fameuse nuit du barrage !

Elle, elle sait tout, maintenant.

Et je dors toutes les nuits chez elle, dans l'ancienne cabane de l'ogre.

Oui, maintenant que je me rachète, vous viendrez. Oh ! oui, vous viendrez !

Lettre d'Aline à Charles

Cap San Lucas,
Basse-Californie,
le 18 décembre

Bonjour, Charlot,

Hé oui, j'erre, ici, parmi les granites de la haute crête recourbée qui sépare le pacifique du golfe de Californie. Nous avons (je voyage et travaille avec un photographe américain qui me plaît bien et dont je te reparlerai) escaladé les falaises que tu peux voir sur cette carte, pour photographier d'en haut les rochers du rivage (ils sont beaux, hein ?) et passé des heures dans un canot à sauter sur les vagues, pour des prises de vue à ras de l'eau de cette superbe grotte inaccessible de l'intérieur. (Voir photo ci-incluse.)

Ça va. Écoute, je pourrais – devrais – t'écrire des tas de choses. Depuis quelques semaines, ça se bouscule au fond de moi. En gros, voilà : Grand Remous, Grand Remous et Grand Remous ! Je suis sur une piste, et pourtant encore très loin de comprendre, pour Julien. J'ai eu, disons, des « souvenirs » (?!). Je ne t'en parle pas davantage, ici. Vois-tu, je crois que notre siècle d'amnésie s'achève. C'est toute une affaire! Est-ce l'errance, la distance, le temps, ma tendresse pour Donald – l'*hombre* nouveau –, la fascination qu'exerce sur moi ce pays, ses grottes évoquant les commencements du monde? Bref, j'ai recommencé à « voir ». Oh, mais ne t'inquiète pas, je contrôle (?!). J'écris. Je te montrerai. Je vois aussi en avant, un peu.

Charlot, je veux revenir. (Oh! la, la!) En fait, cette carte est une annonce de visite. En mars ou avril, sans doute, je serai à Montréal, chez toi. J'emmène mon Américain avec moi. Nous irons à Grand Remous, ensemble voir Julien. Il le faut. Je ne peux pas t'expliquer, mais je crois que nous serons apaisés (?!). Il nous entend, le petit frère, il nous voit et il nous parle, il continue de lancer ses messages! (Je t'expliquerai.)

Oh! Charlot, tout a été si difficile! Mais, peut-être qu'il faut faire encore un pas? Tu es sonné, hein? Nous parlerons, nous parlerons, ne fronce pas les sourcils comme ça! Sois patient!

Tu peux m'écrire, poste restante, à San Felipe (Basse-Californie) où je dois repasser dans une douzaine de jours. Et où je resterai encore quelques semaines, sans doute.

Tu te souviens de ces mots de notre cher Zorba: « Je suis en feu, il faut que je m'éteigne! » Eh bien, c'est à peu près ça, Charlot. Mais, je t'en supplie, ne prends pas peur! Nous aurons le temps de nous éclaircir, tu verras.

Je t'embrasse,

Aline

P. S. Tu m'envoies l'adresse de Serge, s'il te plaît?

Je ne dors pas. C'est la pleine nuit battante. Dans la pinède, que j'ai traversée comme en rêve, la poule d'eau couinait, tapie sous les fougères.

La lune est ronde et pleine, comme toi, Irène. Dors, mon amour. Tout arrivera à point. Les saisons travaillent pour moi, pour nous, maintenant. Je n'ai pas peur !

Un hiver sur la plage
(Des nouvelles de Serge)

Cape Cod, le 20 décembre

Salut Charles !

Il y a mes rêves – le fameux cahier avec le petit pêcheur – et il y a moi. Gardez mes rêves (je vous les ai donnés), analysez-les, achevez de vous rendre fous avec ces vieux délires grand-remousiens et laissez-moi tranquille !

And Merry Christmas, big brother !

Je marche sur la plage toute la journée, mon appareil photo dans le cou, comme un touriste que je suis, maintenant. Allan veut faire une exposition, au printemps, de mes *winter shots*. Des silhouettes de vieilles dames avec leurs jeunes chiens, beaucoup plus gros qu'elles, une oie blanche, gentiment assise sur notre véranda, entre le pot de géranium et une pile de livres, des ciels de toutes les couleurs, gris balayés de rose, roses mouchetés de mauve, blancs et brouillardeux, des gerbes d'embruns, avec phare, sans phare, des empreintes dans le sable, traces de vacanciers évanouis, un château de coquillages avec visage d'enfant – *alone and bea-*

ming, dit Allan – et les fameux autoportraits au gardenia : je suis nu, debout, jambes écartées, la fleur à l'oreille, tête penchée, tête droite, tête renversée, etc., sur fond de mer furieuse. Prises de vue d'un hiver sans histoires, ici, au Cape Cod, village d'inquiets décontractés, d'oublieux des grands soucis, de retraités de la mémoire.

Il y a un cactus en fleur – notre arbre de Noël – sur le rebord de la fenêtre, Allan peint, je fais la cuisine – aujourd'hui : salade de crabe, sorbets au citron – et les chats marchent sur la grande table, cérémonieux et graves comme, autrefois, Aline et toi, faisant votre drôle de slalom entre les encyclopédies ouvertes sur le plancher de la chambre aux livres. Je ne veux pas penser à tout ça, à vous trois. Je ne veux pas, ne veux toujours pas savoir. Il a dû neiger sans plus finir sur les champs. Grand Remous et le vieux château doivent aujourd'hui ressembler à ce village crémeux et scintillant sur la carte de Noël que tu m'as envoyée, Charlot, avec tes vœux pour la nouvelle année et une question, une seule (!), qui m'énerve et fait souffler, ce matin, la poudrerie sur notre plage tranquille. Tu as écrit : « T'arrive-t-il encore de rêver ? » De rêver comme autrefois, de cauchemarder ? Ou bien de rêver éveillé, d'imaginer la vie autre ? Ou ne serait-ce pas plutôt : t'arrive-t-il encore de vouloir les retrouver ? (Rien n'est jamais simple, avec toi !)

Fous-moi la paix, Charles ! Je n'ai pas le mal du pays, du moins pas celui que tu crois. Un assouvissement lointain, peut-être, passionné, sans visage... Mais Grand Remous et vos infinies perplexités, vos questions, nos questions, nos anciens parcours, toute cette histoire et cette géographie du passé :

fini tout ça! «L'orphelin sublime!» – je crois que l'expression est de toi, non? – a cessé de tâtonner dans le noir en quête d'une explication qui n'expliquerait plus rien. Je suis l'exilé qui, pour son salut, se moque de tout et surtout de lui-même, et oublie à mesure ses nuits agitées – oui, je rêve toujours! – en se levant de bonne heure et en regardant dehors. Les dunes, ce matin, sont comme les pointes arrondies d'un immense iceberg qui fond au soleil en prenant son temps. Nous vivons, aimons et dormons, Charlot, sur des couches et des couches d'inconnu, de mystère et de terreur: c'est le lot de chacun. *« Each goddamed human being dreams of monsters! »*, me hurle Allan, de temps en temps, excédé par mes réveils ahuris, nettoyant ses pinceaux et s'apprêtant à domestiquer ses monstres à lui, sur la toile. C'est une jungle d'ambiguïtés que la vie, mon grand petit frère aîné! Ne va pas croire... Oh! et puis non, je ne vais pas gaspiller encre, papier et nerfs à te redire tout ça. Les chats me font leurs grands yeux «pleins d'exactitude sous-marine» – je ne sais plus quel poète américain a écrit ça, à propos des chats – et j'ai soudain très envie de vent et d'embruns salés, de cette promenade à bicyclette, projetée à mon réveil. On ne peut pas guérir assis ou couché, il faut bouger, aller à la rencontre des remèdes et des soulagements. Seul Julien, peut-être, a compris cela et a essayé de nous l'apprendre. Je t'en prie, Charles, *leave me alone, please!* Tout à l'heure, les ombres penchées des peupliers, sur le chemin de sable, se traîneront comme des coulées de lave. Je naviguerai entre elles, ferai mon slalom à moi, entre présent et futur, entre les zébrures de mes cauchemars et les dessins d'enfant de mes désirs. *Amen and again Merry New Year and Happy Christmas to you!*

Serge

P. S. Où est Aline, maintenant? Ceylan, Estonie, Terre de Feu? Tu as de ses nouvelles?

Cape Cod, le 17 janvier

Big brother,

Décidément, tu as fait vite ! Aline est en Basse-Californie, qui l'eût cru ? Et avec un homme ! Un Américain, elle aussi. Serait-ce, dans nos deux cas, une résurgence du fantôme de notre bel et héroïque oncle Morssen ? (« Pas possible, pas possible ! ») Je suis éberlué, mais pas tellement surpris, au fond. Notre mitoyenne est une aventurière et une *late bloomer*, nous savions ça, non ? Et aussi, bien sûr, « une mêleuse de cartes et une fauteuse de troubles ! », comme disait papa, qui se fatiguait bien vite de nos questions.

Si j'ai bien compris, Aline a un nouveau plan ? Je me méfie, j'ai peur, je crains le pire ! Mon inconscient – qui est « collectif », comme chacun sait – regimbe, se cabre, rue dans les brancards, c'est-à-dire tombe sur les nerfs d'Allan qui a pris le train pour New York et m'a laissé seul avec mes *family bits and pieces*. Souffrir peut si facilement se terminer dans le ridicule, Charles, tu ne crois pas ? Je parle aux chats qui frissonnent et me dévisagent comme si j'étais de la SPA, je pédale en descendant les côtes et, ce matin, j'ai oublié d'éteindre la lampe, dans ma chambre noire. Résultat : des ciels vraiment épouvantables, avec des vols de mouettes-vautours et des brumes noires d'enfer. Pour moi aussi, quelque chose arrive (?!). C'est bien flou, bien désagréable et probablement totalement insignifiant, *once again*. Mais, tout de même, il y a... petit séisme, tremblement, et j'ai souvent ce que mon cher Allan appelle des airs d'oracle stupéfié *(omen-stricken look)*. Après toi – qui as bien voulu ton destin de fouilleur de ruines – deviendrions-nous, à notre tour, sur le tard, des artistes *(my God!)*, Aline et moi ? Il y a toujours votre (notre ?) grain de folie, c'est ça ? Au fond, nous sommes des différents si pareils, tu ne trouves pas ? « A maux extrêmes, remèdes extrêmes », écris-tu. C'est bien malin, mais qu'entends-tu par « remèdes extrêmes » ? Il me semble que nous avons pas mal tout essayé, pris tous les trains et tous les avions, relu vingt fois *Gone with the wind*, jusqu'à confondre Carmen et Scarlett, interrogé les docteurs de Julien, nous avons même essayé d'oublier : tout ça en pure perte, non ? Quel fouillis ! Quel *mumbo-jumbo* ! Et voilà que notre sœur, du bout du monde, inspirée de nouveau – Jésus, quelle prévisible surprise ! –, soit par l'affection inespérée de son dernier *boy friend*, soit par le souvenir stupéfiant de l'un ou l'autre de ses « Mayas magnifiques », soit, comme tu me l'écris, par la contemplation d'une « grotte matricielle » (wow !), veut revenir à la charge ? Et tu voudrais que je sois « coopératif » ? *What a zoo story, brother!* Elle est sur une piste, dis-tu ? N'es-tu pas effrayé, toi, de savoir ça ? Et Julien ? Tu crois qu'il a changé ? Tu crois, toi aussi, qu'il nous entend, qu'il nous voit?

Tiens, un souvenir-volcan : une fois, j'étais allé chasser avec lui, au fond de la terre. Aline et toi, vous étiez, encore ce jour-là, enfermés dans la chambre aux livres. (Vous étiez sur une piste!) Nous avons piqué à travers les pins, Julien était de très bonne humeur : ses pièges étaient pleins de lièvres. La forêt flambait, feuilles rouge sang, feuilles mauves, feuilles argentées, et le ciel était d'un bleu étourdissant. Je voulais parler à Julien, le mettre en garde – Jésus, je ne sais pas ce que je voulais lui dire –, j'essayais de me rapprocher de lui. Je sentais qu'il était bouleversé : c'était lors d'une de nos visites-sauvetages, quelques semaines avant la clinique. Dès que je tentais de marmonner quelque chose, Julien me faisait taire, en mettant sa grande main qui goûtait le sang sur ma bouche. Il répétait :

– Ferme-la! Les perdrix vont t'entendre!

Et puis il souriait, de son déchirant sourire de fou. Il ne voulait pas m'entendre. J'aurais voulu lui crier :

– T'es pas fou, Julien, tu le fais exprès! Dis-moi pourquoi! Dis-moi ce qu'il y a!

Je n'y arrivais pas. Je n'ai rien dit. Mais je suis sûr qu'il entendait mes questions. Il savait que je savais qu'il savait, etc. Son œil vert détraqué – l'autre était à peine une lueur sous l'éternelle mèche rousse – semblait me dire : « Tout se passera beaucoup mieux si on ne laisse pas les mots s'en emparer », ou quelque chose comme ça. Soudain, une perdrix a traversé les branches, droit devant nous, en faisant son drôle de bruit – tu te souviens? Julien grattait un morceau de carton, de son ongle, contre nos oreilles, et on voyait s'envoler l'oiseau – et j'ai tiré. La bestiole est tombée lourdement sur le tapis d'aiguilles de pin. Alors, Julien m'a regardé et, sans plus sourire, il m'a dit :

— Tu veux que je te montre où ils sont ?

— Ils ? Qui ça, « ils », Julien ?

Il me regardait sans broncher. Qu'essayait-il de me dire, et pourquoi ce regard effrayant ? J'ai eu peur et je suis rentré en courant, m'égratignant les mollets dans les mûriers.

Terriffying, Charlot, non ?

Revenir à Grand Remous ? Eh bien !, je ne sais pas. Vraiment pas. Je vais marcher sur la plage. Je vais tâcher d'y penser (?!). Donne toujours mon adresse à notre visionnaire basse-californienne aujourd'hui, brésilienne demain et... *What the hell*, on verra bien ! Mais ne compte pas trop sur... l'éveil volcanique, hein ? *The voices are long dead*, pour moi.

So long, frère aîné et donne-moi un peu de temps, OK ?

Sergio

Cape Cod, Mass., le 6 février

Grand âne aîné, salut !

Je n'aurais pas dû te téléphoner, me voilà tout à l'envers ! Décidément, la meilleure façon de transformer un rêve (possiblement libérateur) en cauchemar, c'est de te le raconter au téléphone ! Je veux bien, par la présente, essayer de « démêler les fils », comme on disait autrefois.

D'abord, je croyais t'avoir dit (ou écrit) que j'étais allé en Géorgie et en Virginie, moi aussi, et que j'y avais vu Carmen, agenouillée dans un parc. Bien sûr, ce n'était pas elle, mais j'ai eu un choc, peut-être bien la peur de ma vie. Aujourd'hui encore, il m'arrive de penser que si j'avais su dominer mon épouvante, si j'avais parlé à cette femme – hippie en prière ? Clocharde ? Pure et simple apparition ? –, j'aurais peut-être compris quelque chose, j'aurais peut-être eu, avec ma mère, une « vraie conversation ». Laisse tomber, tu ne peux pas comprendre ça, Charlot. Passons. Retenons seulement que l'événement m'avait créé si forte impression que les rêves ont fait, nuit après nuit,

161

réapparaître cette femme, la Carmen de Richmond. Bien sûr, chaque fois, elle me parlait, je lui parlais. C'était et ce n'était pas notre mère. *For God sake*, Charlot, je ne vais pas t'instruire, ici, sur la nature trouble des rêves ? Tu sais comment ça marche, non ? Même si c'est moi que vous avez consacré « grand rêveur numéro un », dans la famille, il doit bien t'arriver, de temps en temps, de passer un petit bout de nuit agité à ne plus savoir qui tu es, où tu es, et quels sont ces humains fantômes, si proches et si lointains qui te font des signes ? *Give me a break !* Est-ce à croire que je vous ai privé de vos songes, en vous racontant si abondamment les miens ? *Grow up !*, comme on dit ici. Bon. Eh bien ! ce rêve est revenu. Richmond, le parc, la rosée dans l'herbe, le halo autour de la femme, mon appréhension, mes petits pas immatériels vers elle, etc. Sauf que, maintenant, c'est toujours la robe de cette femme, de Carmen, mais c'est le dos, la nuque, la tresse blond-roux de Julien que j'aperçois, en avançant vers la vision. C'est tout. Jamais je ne me rends jusqu'à elle, jusqu'à lui (?!). Mon regard est tout à coup (dans le rêve, Charlot, Jésus !) attiré par une fontaine qui coule un peu plus loin, ou l'envol désordonné d'une flopée de pigeons. Et puis, comme si on glissait une bande magnétoscopique dans ma machine, ma cervelle me repasse toutes sortes d'images de ce voyage dont, à part l'apparition, et sûrement à cause d'elle, je n'avais gardé nul souvenir. Des murs de brique rouge où grimpe la vigne, un terrain de football universitaire où des gars très beaux, géants et à demi nus, se lancent un tout petit ballon, une route de sable jaune et des champs, vert presque émeraude, qui défilent lentement, harmonieusement, comme si je passais à cheval, tu vois, ou à bicyclette, et non pas en autobus. Et puis, intercalées, anachroniques, délirantes, certaines scènes de *Gone with the wind*, lu et relu, vu et revu, jusqu'au mal de cœur, tu dois bien t'en douter. Je vois aussi souvent l'oncle Mark, blond, magnifique et rieur, bien droit dans sa tunique de soldat. Pourquoi? Dans les rêves, il a le sourire triste de Carmen. Il est comme une sentinelle, ou un policier, venu pour chercher l'un d'entre nous (?!).

Bon, suffit, autant en a emporté le vent et depuis belle lurette, non? Avant que tu t'inquiètes et m'envoies un gentil thérapeute, style « love-secours » – tu es tellement âne aîné! –, je termine cette lettre gémissante en t'embrassant et en te priant encore une fois de ne compter qu'à moitié, qu'au tiers, que dis-je?, qu'au quart sur ma visite au printemps pour les grandes retrouvailles orchestrées par Aline (qui ne m'a toujours pas écrit!). *We'll see on time!* Et pour le rêve, ça va? Tu as compris, tu sauras analyser tout ça? *(Bullshit!)*

Peace and love,

Serge, *the dream speaker*

P. S. Tu pourrais faire une cassette de ton film mettant en vedette Julien, « Grand Remous lui-même » (tu te souviens?), et me l'envoyer? *Thanx!*

Cape Cod, Mass., le 23 février

Petite Grandaline

J'ai du mal à croire que cette lettre te rejoindra dans ta « vallée au large lit ensablé nommé Arroyo Grande ». J'aimerais bien voir et respirer tes « buissons d'encélies », tes « grands agaves mescal », tes « petits mescalillos décoratifs », et aussi extirper de mes semelles de bottes, assis au soleil, des piquants « d'oponce sauteur ». Chère Aline, comme autrefois, tu fais chanter les mots et me donne à la fois grande envie d'aller voir le monde et grande peur de m'y perdre. Je vis, ici, au pied de vieilles dunes bien tranquilles, au bord d'une mer presque apprivoisée, sous de grands arbres protecteurs. Retraité prématuré, décroché, replié, *as you like it*. Je m'étends dans mon hamac et j'écoute ronronner, au loin, une tondeuse à gazon, tout en feuilletant *Le Tour du monde en quatre-vingts jours*. C'est mon exotisme à moi. Je m'assieds près de la fenêtre, contemple le petit désert de la plage et la grande mer houleuse d'hiver, bois une tasse de café, écoute un disque de Mozart, et puis me lève, soudain inquiet – mon éternel trop-plein tu sais bien? – et vais courir une heure sur le *boardwalk*. Je prends aussi des tas de photos, pour y croire, pour que ça existe, ce *winter paradise*, les dunes, les grosses vagues, les arbres, mais aussi ma vie, qui n'a jamais pu – ou voulu? – tenir à grand-chose. *Same old story!*

Je tombe en arrêt – comme le chien de Julien devant un lièvre – contemplant cette photo de toi, que tu m'envoies. Allan – Charlot, l'entremetteur, a dû te dire, pour mon Américain à moi? – déclare que tu es *a stunning beauty!* J'acquiesce. Mais ce qui me frappe, c'est que tu as aujourd'hui l'âge de Carmen, quand elle a pris la clef des champs (en te laissant la clef de la maison, pauvre toi!). Tu ne lui ressembles pas du tout, bien sûr, sinon, peut-être (un petit peu!), dans ton déhanchement plus méditerranéen que grand-remousien. Cependant, de te voir, comme ça, altière, trente-neuf ans et toutes tes dents et « noire comme sur le loup », je me mets (involontairement, mais tu connais la sournoiserie de mon inconscient « collectif »?) à imaginer notre mère, toujours « jeune et ravie » (l'expression est de Charlot, il me semble?), grimpant des falaises ou plongeant dans un tourbillon émeraude (pendant que Georges, un filet à papillons au bout du bras, fouille les « buissons d'encélies », son éternel cigare éteint entre les dents, bien sûr!). Ça ne fait plus mal vraiment, mais ça fait mal un peu tout de même non? De les imaginer vivants, encore jeunes, heureux et, surtout, autres, différents? Ça devrait nous aiguillonner, nous propulser, nous fouetter (?!), je ne sais pas, moi! Mais ça ne fait rien de tout ça, et on reste là, affolés et immobiles – moi, en tout cas, sauf quand je vais courir et aussi, de temps en temps, le désir, avec Allan et parfois, rarement, avec d'autres – à constater que rien n'arrive, malgré l'entêtement et la folie des « gens à source », les autres enfants, bien ou mal élevés, mais élevés tout de même, les « normaux », qui se lancent aveuglément dans des aventures absurdes et suicidaires en croyant réaliser d'importants exploits *(money, sex and wars!)*. Mon Dieu, te souviens-tu de la photo de graduation de Charlot, si drôle, si terrible ? Les yeux à demi fermés, l'air d'un moribond, d'un mort vivant, et, sous son portrait, en lettres gothiques, sa devise absurde : « Vivre ! Vivre ! » Eh bien ! c'est de ça que je te parle : de notre désir, Aline, et de notre lourdeur à décoller…

Voilà. Je me suis mis, ci-dessus, un peu plus accablé, mais beaucoup moins perplexe que je ne le suis vraiment. Ce en quoi je suis moderne et ridicule, moi aussi, bien sûr, mais peut-être lucide. Et, comme l'écrivait un de vos poètes – j'en ai tout de même retenu quelques-unes, tu sais, et, mieux, je lis un peu, maintenant ! –, « la lucidité est la blessure la plus proche du soleil ». Eh oui, quand on est né sans moule, on ne trouve sa place que dans la culture, les records, les autres, l'amour ou la peur des autres. Moi c'est toujours entre des bras trop forts que j'ai cherché la tendresse, comme ces femmes dont on dit aujourd'hui qu'elles « aiment trop » (!). Julien, lui, a payé cher son inculture, sa sauvagerie et sa solitude, mais peut-être l'innocence (la folie ?) coûte-t-elle ce prix-là ? (Je te dirai, plus loin, quelque chose à propos de *Julien le Magnifique*.) Tu peux sauter des passages de cette épître – je sais que tu brûles de savoir pour le *spring-call* à Grand Remous –, mais les mots (chacun d'eux) me font du bien. Il y a un siècle que je bouge et me tais, cours, me déplace, me fuis ou me devance, en silence, toujours, muet et en mouvement, comme si l'un de tes serpents bas-californiens frôlait sans cesse ma cuisse et m'obligeait, partout, toujours, à décamper. Oh! je ne vais jamais bien loin! Je traverse la rue, j'entre dans un gymnase – je bats toujours des records, gagne quelquefois des parties – ou entre dans un café – je bois que du jus, bien sûr, toujours grand-peur de l'alcool! –, ou bien je retrouve la plage, me faufile entre les dunes, poursuivi poursuivant quoi? Je laisse mon cœur se calmer, me flatte la nuque et le front et me répète : « Tu es chanceux, tu es vivant, toi! Il y en a tant qui meurent! » (Tu sais de quoi je parle, bien sûr?) La Terre est très gaspillée, nos rêves passent maintenant à la télévision, déformés et désolants, l'aventure est morte et la science, qu'on dit pourtant omnipotente, ne trouve toujours pas le vaccin! Mais, c'est vrai, je suis vivant et j'ai toute une histoire. Souvent, je voudrais crier, mais je souffle, simplement, en fixant l'horizon marin. Je devrais être archi-heureux, ou bien suicidaire, l'un ou l'autre et pas autre chose. Mais je suis comme en sursis, entre un passé apocalyptique et un avenir nucléaire, au purgatoire, dans les limbes. Orphelin, sacrifié, je me sacrifie, encore et toujours? On ne joue pas et on perd quand même, c'est comme ça. (Tu te rends compte? Un nouveau bar vient d'ouvrir, ici, qu'on a appelé : « Maximum security ». Ça parle tout seul, non?) Quand je pense à ce que vous avez dû dire de moi : « Il se laisse vivre, le beau Serge, il se la coule douce, il a choisi l'oubli, lui, etc. » Qu'est-ce que vous avez pu être aveugles, sourds (mais pas muets, hélas!), tous les trois! Ou plutôt, qu'est-ce que je vous ai bien eus!

Pourquoi est-ce que je t'écris tout ça? Des cellules qui déconnent, sans doute, à la fois fatiguées et excitées, comme ces *teenagers* bostonnais qu'on voit débarquer sur la plage, les dimanches d'été, en camisole phosphorescente, traînant les pieds et poussant des cris de Sioux qui font fuir les oies, soudain désireuses de devancer leur migration vers le nord de quelques mois. En effet, même la toundra vaut mieux que de rester là, sur le sable, ou barbotant dans une vague, à tâcher de « trouver sa logique au chaos », comme m'écrit Charlot, dans sa dernière missive exagérément fraternelle.

Bon. Ultime tentative de sauvetage? Hommage? Justification poétique de toutes ces années coupables? Ou bien simplement œuvre d'art dont notre plus jeune frère serait le prétexte? *Julien le Magnifique*, le dernier film de Charles, est une goutte d'eau de plus, fatale, au moulin de « cette noble fraude inspirée », comme il écrit lui-même, en parlant de son travail. Il faudra que tu le voies, ce court documentaire lyrique, « tourné dans le désordre » (comment faire autrement?) et qui nous montre une espèce d'ermite bienveillant, sorte de Lanza del Vasto coureur des bois, conteur et « ricaneux », débordant d'anecdotes savoureuses, mais se taisant sur l'essentiel. Retour à la terre, sublimes aubes de commencement du monde, allégories de rivières parlantes et des quatre saisons racontant sublimement les inconstances du cœur humain, et ça continue comme ça pendant trente minutes (pas plus, heureusement) : sirop d'érable et potion magique dans le même flacon étiqueté « Grand Remous, poison mortel ». J'enrage ou bien je ris, trop fort, tour à tour, en faisant repasser ces images de notre frère au bord de la crique, debout sur la dame de l'écluse, au sommet de la colline, ou sur les marches de la véranda du château...

Je n'en ai jamais parlé, Aline, mais une seule fois, il y a dix ans à peu près *(God, time is so much more than money!)*, j'ai reçu une lettre de Julien. En fait, il s'agissait plutôt d'un « plan » de la terre, de Grand Remous et des alentours. Une sorte de dessin barbouillé représentant le château, la colline, la pinède et le barrage. Il avait esquissé nos « personnages » à l'encre, sur la galerie du château. Et puis des flèches, des zigzags, des étoiles (pâtés d'encre un peu partout), une espèce de trajectoire menant de l'écluse à l'embouchure de la crique, je ne sais trop. Juste en dessous, une seule phrase toute tremblante : « Bravo mon champion, tu vas trouver ! » (???) L'enveloppe portait l'adresse de la clinique, à Maniwaki. Bien sûr, je n'avais pas répondu. Et puis j'ai oublié cette missive de fou. Jusqu'à très récemment où les rêves ont recommencé. Je nage, toutes les nuits, dans l'eau de la crique, je descends le courant jusqu'à la petite baie, je suis pris dans un tourbillon en amont du barrage et alors je me réveille, comme asphyxié. Toutes les nuits, c'est la même terreur qu'autrefois et alors je me lève, repasse le film de Charles sur le magnétoscope, la crique, le courant : j'arrête l'image et je suis pris d'un violent tremblement à regarder l'eau, la cascade... Je ne sais pas ce qui m'arrive ! J'ai peur et en même temps je ris. Dans ce film, Julien nous regarde, il veut nous dire quelque chose ! Cette scène, dans la cabane à sucre ! De sa main secouée de tremblements, il nous désigne les bouteilles de whisky, artistiquement alignées sur l'établi, et j'entends les vieux coups de fusil – « S'est-il tué, tire-t-il en l'air ? » Tu te souviens ? – et je suis épouvanté par ses yeux qui regardent la caméra, qui nous regardent, qui voudraient qu'on comprenne, mais quoi?

Oh! je n'en veux pas à Charles. Il s'est, encore une fois, montré gentil et délicat, c'est-à-dire idiot et cruel, sans savoir, sans le vouloir. Nous en avons fait autant, tous les deux, et même plus (notre lâcheté, notre trahison à nous, juste avant la clinique, etc.). Sa terrible responsabilité d'aîné – en avons-nous assez pâti, toi et moi, sans parler de Julien! – ne lui a jamais permis de s'arrêter un peu et de se montrer tendre. Mais, *let it be*, on l'aime comme il est, etc. Ce n'est pas ça, Aline. C'est qu'il nous faut constamment revenir sur tout – sur les lieux du crime! – et embrouiller nos chances en brouillant nos sources – *God, help me here!* – : c'est que nous sommes et demeurons des orphelins, Aline, des abandonnés! Point de non-retour, péché originel, épée de Damoclès, tout ce que tu voudras, *and there is no way out!* C'est ça, l'horreur et le risible et l'irréversible! Ni film fraternel, ni voyages à la recherche de magies inutiles, ni exil ironique sur une plage tranquille ne viendront jamais à bout de « ça » qui fait de Charles, de toi et de moi, des étrangers *passing by*, des yeux et des voix dans la nuit, des errants qui ne sauront jamais traverser la frontière séparant la mémoire de la vie, *and so on!* Tout comme on peut devenir un drogué de l'héroïne, on peut devenir un drogué de la souffrance. Le goût du naturel s'émousse, la faculté de joie s'atrophie et, à la fin, où qu'on soit, on gît dans un désert à l'horizon assez écœurant. Sauf, bien sûr, si on choisit (?) la folie, et je reviens encore une fois à *Julien le Magnifique* : oui, peut-être, la folie, la maladie et l'alcool sont-ils des boucliers destinés à protéger l'homme de son propre effondrement.

Mais peut-être aussi Julien est-il vraiment fou ! Peut-être l'a-t-il toujours été ! *For God sake, how am I supposed to know ?* Comment savoir, maintenant, petite Grandaline ?

Ce qui, bien sûr, m'amène enfin à cet émouvant rendez-vous de printemps, à Grand Remous, auquel tu nous convies si ardemment, toi, l'hôtesse depuis si longtemps exilée du château. *Why don't you stay where you are with your beloved photographer ?* Pourquoi revenir ? Pourquoi essayer encore ? Pas de miracle en vue, Aline, voyons donc ! Qu'espères-tu ? Ou, plutôt, que veux-tu, avec ton histoire de *Petit Poucet* et de *Belle au bois dormant* ? Je n'y comprends rien !

Je suis fatigué – oui, oui, retour des fantômes, toutes les nuits ! –, déprimé et profondément convaincu de l'extravagance, de l'absurdité et surtout de l'inutilité de tout ça ! Je vais courir sur ma plage hivernale.

Tente de nouveau ta chance, si tu le peux, si tu le veux (?!). Mais parle-moi surtout de lagunes, de canyons et de coléoptères bleu azur. Parle-moi surtout de mirages, *our last and only chances, sister !*

Baisers tendres et frisquets

Sergio

Cape Cod, le 16 mars

Serai à Montréal le 25 courant – stop – suis décidément trop faible – stop – m'avez eu à l'usure
– stop – mais tout ça est tellement, tellement sans
dessein – stop – soyez à la gare centrale, please !
– stop.

Serge

Grand Remous
(Julien)

Je souris, de temps en temps, et ne cesse de me répéter : « Demain, tout à l'heure, ils sauront. Sois patient ! » Et je les écoute distraitement, tout en remplissant leurs tasses de café chaud.

Charles referme le livre (encore un !), en soupirant et en grimaçant son sourire de petit loup. Oh ! comme ils se ressemblent, tous les trois, entassés sur le vieux divan, et comme ils ressemblent à cet enfant-monstre à trois têtes d'autrefois, riant aux éclats, ouvrant les livres et les cahiers, les albums, dépliant les cartes, fouillant dans les « archives » que j'ai disposées sur la table, comme je mets des graines, chaque matin, sur les bûches, pour attirer mes oiseaux rares. Et ils les ouvrent, les livres, et lisent au hasard les passages soulignés par eux, autrefois, et qui réveillent, aujourd'hui encore, comme des paroles nouvelles, une douleur restée tendre, le péché originel et font luire leurs visages comme des faces de lune.

Il neige. Au matin, ils sauront ! Ils viendront là-bas ! Ils ne sont pas au bout de leurs surprises ! Mais ils parlent et je ne les arrête pas. Ils m'ont oublié, encore une fois, sans doute la dernière.

Ils hochent la tête, tous les trois ensemble. Ils lisent et ils sourient, comme des anges de crèche de Noël. Il neige

175

toujours. Dans la grande fenêtre du salon, tombe la der-
nière bordée de l'hiver. Mais ça s'arrêtera bientôt. De-
main, le rond d'herbes déjà luisantes, presque bleues,
s'agrandira au pied des pins. Les gros becs ne sauteront
plus sur les branches des merisiers, seront remontés vers
le nord, et moi, je les attendrai là-bas, tous les trois. J'ai
ciré les skis, sorti les bottines, étendu les manteaux qui
sentaient la boule à mites sur la corde à linge, et préparé
les Thermos de café au rhum qu'ils réchaufferont sur le
poêle, au petit jour. L'Américain, assis à l'écart, nous
observe, tous les quatre, comme si nous étions un trou-
peau dans un enclos. Je n'aime pas sa face de justicier.

Ils sont arrivés cet après-midi, dans la vieille bagnole
de Charles. L'Américain avec eux. Visiteurs éméchés, ne
faisant que passer, bien sûr, mais venus pour se battre
dans la grande prairie, sur la grève. Pour se battre, non
pas entre eux ni même avec moi, mais avec le printemps
que nous leur avons préparé, Grand Remous et moi. Je
suis calme et je leur souris. Le fou est doux, le fou est
désensorcelé. Je les aime à fendre la glace, à donner
mon souffle, à vaincre le temps, et je leur montrerai, je
leur montrerai ! La neige sera lourde et molle, le vert des
aiguilles de pin huileux et brillant, et ça sentira la sève
tout le long de la descente. Ils entendront le chant flûté
de la sturnelle à collier, tapie dans les vieux joncs,
inquiète et heureuse d'être en avance sur le beau temps.
Oh, surtout ne pas tout gâcher en laissant ma joie écla-
ter trop vite, ne pas gaspiller ma revanche !

Décidément, je n'aime pas cet Américain trop roux et
qui parle d'aller voir le barrage. Dans la lueur du feu de
merisier, ils sont rouges et bavards, énervés, ignorants,
encore : ils vivent, sans le savoir, une sorte de veillée
d'armes. Ils parlent et rient dans l'ancien temps ! Mais
peut-être pressentent-ils ce qui les attend et essaient-ils,
tous les trois, de s'accrocher aux truquages d'autrefois,

aux vieilles ruses ? Peine perdue : moi je ne dispose pas d'artifices, mais bien d'un art, maîtrisé patiemment, passionnément et bien plus puissant que la magie stérile des souvenirs ou la drogue des docteurs. Un art, ma revanche ! Mon rachat !

Et puis, brusquement, c'est le gros silence. Charlot, perché sur une marche du milieu de l'escalier, me regarde en clignant des yeux, comme si j'étais une apparition de l'un ou l'autre de ses films compliqués. Aline, elle, debout près de la grande fougère, me dévisage franchement, avec ses grands yeux d'exploratrice. Quant à Serge, il est allongé sur le divan et baye aux corneilles en me lorgnant de côté, l'air de ne pas vouloir me montrer son regard d'incroyant. C'est lui, bien sûr, qui dit, d'une voix détimbrée par la fatigue d'un long voyage, ou de toute une vie (il ne doit pas le savoir) :

– Ton excursion, Julien, c'est loin ?

Je ne réponds pas. Je souris en gardant mes yeux dans les siens. L'Américain ne bronche pas, assis dans la chaise berçante, les mains sur ses genoux.

– Et si on allait dormir ?

Ça, c'est le grand frère ! Oui, ils sont soulagés, maintenant : « Bonne idée ! », « Bonne nuit ! », baisers et caresses maladroites, inquiètes, dans mes cheveux : leur chaleur prêtée seulement, risquée de justesse, timide et polie. Puis ils grimpent dormir dans leurs chambres que j'ai soigneusement préparées, draps frais et lampes allumées, livres et cartes sur les commodes, murs nus et blancs pour que s'y dessinent bien les ombres de la nuit, mes complices. Pour l'Américain aussi, mes sortilèges, pourquoi pas.

Oui, j'ai parlé d'excursion, de randonnée, de piquenique. Demain, tout à l'heure, ils verront. Je les entends rire et murmurer dans la chambre aux livres où j'ai, bien sûr, remis chaque livre, chaque cahier en place. Je reste un moment au salon à brasser le feu, à sourire aux braises, à savourer ma chance : ils sont venus, tous les trois ensemble, finalement ! Puis je sors dans la nuit. Victoire, la neige a cessé ! La saison m'obéit comme à un dieu !

Les étoiles sont à portée de ma main. Je respire amplement mais ce n'est pas assez. Il me faudrait des poumons d'ours, de marsouin ou de bison pour engouffrer l'air de cette nuit. Évidemment, mon corps sait, lui, depuis toujours : cette nuit, le printemps, ce que je prépare. Et il va vite, oh comme il veut aller vite ! Leur cervelle a fait son travail empoisonné de fouilleuse de secrets, mais leur cœur a tenu : ils sont venus ! Demain ils glisseront facilement jusqu'à nous. Et l'Américain avec eux, qui fera des photos, pourquoi pas ?

Je cours dans la pinède. Le désir et la frousse coulent dans l'air, courants mêlés. Je suis le chevreuil blessé qui perd son sang sur les cailloux. Je suis celui qui a ôté, puis qui a donné la vie ! Je suis l'ogre de Grand Remous ! A peine taché de ma petite ombre, le sentier court sous la lune, descend jusqu'à la rivière. Grand Remous robinsonne dans le bleu lunaire ! L'odeur de naissance est partout ! Je cours de plus en plus vite. Maintenant je traverse les buissons de sauge, en flèche. Là-bas, dans le petit chalet, la lumière tremble derrière les feuilles. Vite, je reprends le sentier déneigé, remonte la colline, empochant au passage les cailloux blancs. Sauront-ils ? Comprendront-ils ? Le conte, puisqu'il est, puisqu'il était un livre, d'abord leur livre, n'est sûrement pas loin, ils n'auront pas oublié ! Leur mémoire est si féroce ! Ils comprendront et ils viendront. Les poches bourrées de cailloux, je remonte : je suis déjà en vue de leur voiture, de la galerie, du château. Ils dorment, tous feux éteints. Ils se font des forces. Ils savent déjà un peu, c'est sûr : leur attention s'éveille à rien, ils sont depuis

*toujours sans cesse aux aguets. Ils chausseront les skis
que j'ai préparés pour eux et qui attendent, sur la galerie, et ils descendront la colline. L'aube est-elle loin
encore, derrière les pins? Qu'est-ce donc que le temps,
en ce commencement du monde? Un vide dans le vent,
le soupir d'un lièvre, le fleuve d'étoiles qui rompt sa
digue et me pleut dessus? Les skis, leurs bottes de sept
lieues, et la neige granuleuse, leur désert blanc à traverser, et puis le printemps, tout en bas, au bord de la
rivière encore gelée. Là-haut, dans les chambres, les
simagrées d'ombres sur les murs ont commencé. Ils dorment sans dormir : ils glissent dans des courants de
rumeur, ils roulent dans un placenta de désirs, ils vont
naître aussi, tout à l'heure, ils vont se réveiller de leur
sommeil de cent ans! Ça mouve, ça hurle, ça se tord, ça
chante dans leurs corps, à fendre l'âme! Ils m'ont
entendu et ils sont venus! Mais ce grand roux muet aux
yeux trop clairs, restera-t-il? Si oui, il va, avec eux, se
jeter tout à l'heure dans la gueule du jour! Ils seront cri-
blés de rayons, brûlés par les rayons!*

*Je descends les marches de la galerie sans faire cra-
quer les planches : je suis léger comme cette terrible nuit
d'autrefois, ombre dans la nuit claire. Je chausse mes
skis et glisse d'un coup jusqu'à la première ligne des
pins. Tout de suite, j'entre dans la noirceur épaisse de la
pinède. Quel silence, tout à coup, dans le monde! Le
printemps se prépare monstrueusement, mais sans faire
de bruit, sous la neige. Le printemps me ressemble. Je
fais rouler trois cailloux dans chacune de mes paumes :
étoiles du berger pour mes trois rois mages endormis
dans le château. Des cailloux blancs sur la neige, et
pourtant ils les verront. Ils sauront que ces signes ne
peuvent être que les miens. Ils penseront, diront peut-
être : « Il est de nouveau fou, il a encore une crise, sui-
vons les cailloux et nous le retrouverons saoul mort ou*

pire encore... » Ce qui compte, c'est qu'ils viendront ! Et
puis, ils suivront les traces de mes skis. Tout de même, je
sème très légèrement mes cailloux. Je les perche, comme
des oiseaux ronds et lisses, au faîte encore glacé des
vagues de neige. Parfois j'en niche un, plus gros, plus
luisant, avec des yeux d'or ou d'argent qui flamberont
au soleil, au creux d'un trou de pic-bois, où je l'enfonce
à peine. Le Petit Poucet fait l'extravagant : il en a bien
le droit, il a tant attendu ! De temps en temps, je me
retourne pour apercevoir mon chapelet de cailloux
lunaires sur la croûte de neige et le château noir, en haut
de la colline, où dorment mes frères. Sur l'écorce des
saules, je cueille de minuscules perles de sève que je
lèche en sentant fondre avec elles, sous ma langue, l'ancienne peur. C'est fini. Je me suis racheté et c'est tout ce
que mes frères sauront : ma revanche. Ils ne connaîtront
que le nouvel ogre, ne sauront rien, jamais, de l'autre, ni
de la nuit du barrage. Jamais !

Arrivé sur la grève où le sable affleure déjà sous la
glace, je laisse couler de ma poche les derniers cailloux,
les plus petits, en serpent, jusqu'au pied de l'escalier de
bûches qui grimpe vers le chalet, vers la crèche. J'ôte
mes skis et les dépose sur les marches. Avant de monter,
et pour ne pas les étouffer avec cette joie trop forte, je
roule mon pantalon et avance, jusqu'aux cuisses, dans la
rivière glacée. Les frissons qui me taraudent sont les
mêmes que ceux qui couraient sur ton ventre, mon
amour, ma Belle au bois dormant, ma revanche.

Je n'avais jamais conduit de voiture, encore moins de
camion. Et pourtant, j'ai pris le volant de ton petit pick-
up et nous avons filé vers l'hôpital de Maniwaki, comme
en chasse-galerie, empruntant petits chemins et raccour-
cis. Tu gémissais et riais en même temps, à chaque trou
ou nid-de-poule, sur la vieille route de sable. Tu as perdu
tes eaux au moment où nous traversions le pont et je t'ai

crié : « *C'est bon signe !* » *Tu as souri, en attrapant ma main. A l'hôpital, ils ont voulu t'asseoir dans une chaise roulante, mais tu as refusé et je t'ai transportée jusqu'à « la salle de travail », comme ils disent. Je te parlais et tu me regardais, et je pensais : « Nous nous aimons, nous ne nous connaissons pas beaucoup et nous nous aimons, nous nous sommes trouvés, retrouvés, nous nous sommes vengés et maintenant, nous serons trois, et quand ils arriveront, nous serons un clan, une vraie famille, une sacrée tribu ! » Tu as tout de suite eu de grosses contractions. « Attends, fille, pousse pas ! », criait le docteur, pendant que tes yeux éclairaient la chambre. Je te serrais le bras, fort, trop fort sans doute, comme si c'était à moi de le mettre au monde, cet enfant-là. Et je n'ai jamais pensé : « Et s'il allait mourir ? » Tout comme il n'a jamais songé, lui : « Et si j'allais naître orphelin ? » Il est venu très vite : sa tête noire, son petit corps de grenouille, ses épaules qui t'ont fait mal – tu as crié, un long feulement dont je garderai l'écho dans l'oreille toute ma vie ! – et puis, la petite tête huilée et tiède fut dans mes mains, que j'avais avancées : bien sûr, c'était à moi de le tirer de ce côté-ci du monde. Et il a voulu de mes mains. Il a glissé sur mes paumes, coulé jusqu'au creux de mes bras. Et puis il a nagé, petit poisson, sur ton ventre où je l'ai déposé doucement. Après, tu as dormi une minute, soufflant comme une forge, pendant que je baignais le petit dans le bassin, en pensant à la rivière, à lui dans la rivière, à toi dans la rivière, à nous trois, puis à nous six dans la rivière, au printemps et à l'été, à mon rachat, au recommencement du monde, à Grand Remous.*

Je grimpe les marches quatre à quatre. Au bord du ciel, entre les pins, la lueur du matin monte. Sans doute dormez-vous, le petit sur toi, dans le grand lit. Je regarde une dernière fois vers la colline, vers le château où ils doivent se réveiller, maintenant, l'un après l'autre, sortir des limbes, venir au monde, l'Américain avec eux. Peut-être même Charles (ce sera lui, j'en suis sûr!) a-t-il trouvé les premiers cailloux?

Mais pourquoi est-ce que j'ai peur, tout à coup, la main sur la poignée de la porte? Oh! je vous en supplie, si quelqu'un doit payer pour tout ça, que ce soit moi et pas lui, pas l'enfant!

Le barrage
(Aline)

Il nous avait préparé des Thermos de café dans la cuisine. Nous ne le trouvions nulle part dans la maison, non plus dans la pinède. Nous n'étions pas surpris, bien sûr : il avait encore une fois disparu, pour nous effrayer un peu. Nous avons bu le café sans dire un mot. Nous étions étrangement tranquilles, tous les quatre, autour de la table. Puis nous sommes sortis. Sur la galerie des bottines et des skis étaient alignés près du vieux divan. Il tombait une grosse pluie de printemps et nous avons ri : ces skis, ces bottines et la pluie diluvienne, c'était drôle. Serge a même dit :

– Sacré Julien, toujours à contre-saison !

Puis nous avons mis les anoraks et sommes descendus vers le barrage. J'avais tellement parlé de notre petite plage à Donald qu'il désirait la voir sans plus attendre. Nous glissions dans la descente où la neige était presque toute fondue. Je ne sais pas pourquoi, mais, en m'agrippant aux arbres pour ne pas débouler, je pensais : « On ne devrait pas ! Pas aujourd'hui ! Faudrait attendre encore ! » De toutes les intuitions des derniers mois, de la force même de mon désir de revenir à Grand Remous, il ne restait plus rien. J'étais fatiguée et sans âme. Charles me regardait de temps en temps et je trouvais qu'il avait l'air triste, lui aussi, et inquiet. Serge bougonnait et répétait qu'il n'y avait qu'un Américain aventurier pour nous entraîner dans une pareille escapade. Je le savais bien, pourtant : c'est toujours celui qui vient d'ailleurs qui nous ouvre les yeux. Donald marchait sur l'écluse et nous le suivions du regard, comme des enfants, au cirque, observent, tendus et immobiles, l'équilibriste sur la corde.

— On peut plonger?

Nous lui avons répondu qu'il était fou, que la débâcle venait à peine de libérer les glaces, qu'il allait périr de froid dans le tourbillon du barrage! Il nous regardait en riant et plongeait déjà une jambe dans le courant glacé. Un peu en amont, on voyait encore des banquises prises dans l'écluse principale. Donald a poussé un drôle de cri, une espèce de hurlement de Tarzan et il a disparu dans l'eau noire. Nous nous sommes regardés longtemps, tous les trois, sans rien dire. Un gros vent se levait et nous dressait les cheveux sur la tête. Jamais la plage et le barrage ne m'avaient paru aussi sinistres. Au bout d'un moment, Serge a dit :

— Tu les choisis suicidaires, tes cavaliers!

Je n'ai rien répondu. Il me semblait que j'allais geler sur place, me faire statue de glace pour l'éternité. Une voix inconnue en moi répétait : « Ce sera fini bientôt, tu vas voir! » J'avais peur, sans comprendre, je ne voulais pas savoir. Et puis Donald est remonté. Il n'a rien dit, mais j'ai compris à voir son visage, à scruter les mouvements étranges qu'il faisait pour se réchauffer sur l'écluse, qu'il allait dire quelque chose, quelque chose qu'il ne voulait pas dire, mais qu'il devait nous dire, quelque chose qui changerait tout, pour nous. Et, ce qu'il a dit, c'est :

— *There is a car, down there! A rusted pale blue Chevrolet!*

Serge a poussé un petit cri d'oiseau. Charles et moi

nous regardions le courant, sans bouger. C'est alors que j'ai aperçu Julien. Il était sur le seuil de l'ancienne cabane du géant Trinité Lauzon. Une femme se tenait près de lui, un bébé enveloppé de langes dans ses bras. Je suis montée en courant entre les arbres, de la boue gelée jusqu'aux mollets. Les autres me suivaient, j'entendais leurs halètements dans mon dos. Quand je suis arrivée près de lui, je l'ai pris dans mes bras. Il pleurait et répétait :

— Vous avez pas trouvé mes cailloux... Vous avez pas trouvé mes cailloux...

La jeune femme continuait de bercer l'enfant en nous regardant. Je n'avais jamais vu autant d'amour dans un regard, autant de tendresse sur un visage. Les autres nous ont rejoints et la femme nous a fait entrer dans la cabane. Il n'y avait qu'un grand lit et, accrochés au mur, des dessins de Julien : des arbres et des visages, que nous avons tout de suite reconnus. Nous nous sommes assis par terre. La femme a fait du café et Julien s'est mis à parler. Son visage était plus beau qu'autrefois, mais sa voix était la même. Il a dit qu'il les avait suivis, cette fameuse nuit, qu'il appelait « la nuit du barrage ». L'orage grondait au-dessus de la colline. La Chevrolet s'était arrêtée juste en haut de la petite falaise. A la lueur des éclairs, il apercevait leurs visages dans l'auto. Il les entendait, surtout.

— C'est cette nuit ou jamais ! Tu m'entends, Georges ? J'en peux plus ! Tu m'as enfermée dans ta grande maison triste, tu m'as forcée à te faire des enfants...

— Forcée, Carmen ?

— Oui, forcée ! Forcée !!!

Elle parlait plus fort que l'orage, plus fort que le barrage, plus fort que les chutes. Elle criait :

— Je veux aller voir le monde !

— On peut pas faire ça, Carmen ! Les enfants...

— T'es un faible, un mou, un lâche ! J'aurais dû le

savoir ! On a déjà tout arrangé, Georges, tu vas pas reculer maintenant ?

– Mon amour…

– Ah non, pas ça, Georges ! Si j'étais ton amour, tu ferais ce que je te demande. Lâche, lâche, lâche !

Un éclair. Carmen a poussé en cri. Elle est sortie de la voiture, s'est approchée du bord de la falaise. Sous les lueurs du ciel, sous la pluie, elle était belle, elle était l'épouvante même !

– Je saute, Georges, si tu changes pas d'idée !

– Carmen, attends !

Il est sorti à son tour de l'auto. Un autre éclair. Carmen a laissé sa jambe gauche glisser dans le vide. Georges s'est avancé vers elle. Le tumulte du barrage couvrait sa voix. Mais il a dû lui dire ce qu'elle voulait entendre, puisque Carmen a tendu son bras, s'est laissé ramener vers la voiture, sa tête sur son épaule à lui, belle sauvage domptée sous l'averse.

Ils sont remontés dans la Chevrolet, sont restés encore un peu sans bouger, collés l'un à l'autre. Georges pleurait pendant que Carmen embrassait ses cheveux mouillés, en répétant :

– Mon amour, mon amour, t'es un champion !

Alors un énorme coup de tonnerre a fracassé le ciel, ébranlé la pinède, secoué le barrage. Il s'est approché de l'auto par-derrière. Il devait le faire ! Il ne pouvait pas les laisser partir ! Un bon coup d'épaule et la Chevrolet dégringolerait jusque dans le remous de l'écluse. Il avait une force extraordinaire ! L'auto a tourbillonné à peine une minute dans le courant avant de s'enfoncer. Il a couru, ensuite, jusqu'au château : nous dormions comme des anges. Nous étions seuls, nous étions libres !…

C'est la femme, Irène, qui l'a fait taire, en lui mettant l'enfant, son enfant, dans les bras. Nous ne disions rien. Charles s'est levé. Il a marché vers la porte : on voyait toujours l'épais rideau de pluie. C'est lui qui a dit :

– Cette fois-ci, Julien, on les laissera pas t'emmener !

Serge pleurait en caressant le bébé. Au loin, on entendait les cascades du barrage.

Sainte-Cécile de Milton, août 1990

BIBLIOTHEQUE MUNICIPALE
ST-ESPRIT   126

ACHEVÉ D'IMPRIMER EN JUIN 2000
SUR LES PRESSES DE TRANSCONTINENTAL IMPRESSION
IMPRIMERIE MÉTROLITHO, À SHERBROOKE (QUÉBEC)